阅读之前 没有真相

午夜文库

阿加莎·克里斯蒂

赫尔克里·波洛系列

阿加莎·克里斯蒂
Agatha Christie (1890—1976)

　　无可争议的侦探小说女王，侦探文学史上最伟大的作家之一。

　　阿加莎·克里斯蒂原名为阿加莎·玛丽·克拉丽莎·米勒，一八九〇年九月十五日生于英国德文郡托基的阿什菲尔德宅邸。她几乎没有接受过正规的教育，但酷爱阅读，尤其痴迷于歇洛克·福尔摩斯的故事。

　　第一次世界大战期间，阿加莎·克里斯蒂成了一名志愿者。战争结束后，她创作了自己的第一部侦探小说《斯泰尔斯庄园奇案》。几经周折，作品于一九二〇年正式出版，由此开启了克里斯蒂辉煌的创作生涯。一九二六年，《罗杰疑案》由哈珀柯林斯出版公司出版。这部作品一举奠定了阿加莎·克里斯蒂在侦探文学领域不可撼动的地位。之后，她又陆续出版了《东方快车谋杀案》《ABC谋杀案》《尼罗河上的惨案》《无人生还》《阳光下的罪恶》等脍炙人口的作品。时至今日，这些作品依然是世界侦探文学宝库里最宝贵的财富。根据她的小说改编而成的舞台剧《捕鼠器》，已经成为世界上公演场次最多的剧目；而在影视改编方面，《东方快车谋杀案》为英格丽·褒曼斩获奥斯卡大奖,《尼罗河上的惨案》更是成为几代人心目中的经典。

阿加莎·克里斯蒂的创作生涯持续了五十余年,总共创作了八十余部侦探小说。她的作品畅销全世界一百多个国家和地区,累计销量已经突破二十亿册。她创造的小胡子侦探波洛和老处女侦探马普尔小姐为读者津津乐道。阿加莎·克里斯蒂是柯南·道尔之后最伟大的侦探小说作家,是侦探文学黄金时代的开创者和集大成者。一九七一年,英国女王授予克里斯蒂爵士称号,以表彰其不朽的贡献。

一九七六年一月十二日,阿加莎·克里斯蒂逝世于英国牛津郡沃灵福德家中,被安葬于牛津郡的圣玛丽教堂墓园,享年八十五岁。

阿加莎·克里斯蒂 侦探作品年表

波洛系列

1920　The Mysterious Affair at Styles《斯泰尔斯庄园奇案》
1923　Murder on the Links《高尔夫球场命案》
1924　Poirot Investigates《首相绑架案》
1926　The Murder of Roger Ackroyd《罗杰疑案》
1927　The Big Four《四魔头》
1928　The Mystery of the Blue Train《蓝色列车之谜》
1932　Peril at End House《悬崖山庄奇案》
1933　Lord Edgware Dies《人性记录》
1934　Murder on the Orient Express《东方快车谋杀案》
1935　Three—Act Tragedy《三幕悲剧》
1935　Death in the Clouds《云中命案》
1936　The ABC Murders《ABC谋杀案》
1936　Murder in Mesopotamia《古墓之谜》
1936　Cards on the Table《底牌》
1937　Dumb Witness《沉默的证人》
1937　Death on the Nile《尼罗河上的惨案》
1937　Murder in the Mews《幽巷谋杀案》
1938　Appointment with Death《死亡约会》
1938　Hercule Poirot's Christmas《波洛圣诞探案记》
1940　Sad Cypress《H庄园的午餐》
1940　One, Two, Buckle My Shoe《牙医谋杀案》
1941　Evil Under the Sun《阳光下的罪恶》
1943　Five Little Pigs《五只小猪》
1946　The Hollow《空幻之屋》
1947　The Labours of Hercules《赫尔克里·波洛的丰功伟绩》
1948　Taken at the Flood《顺水推舟》
1952　Mrs. McGinty's Dead《清洁女工之死》
1953　After the Funeral《葬礼之后》
1955　Hickory Dickory Dock《山核桃大街谋杀案》
1956　Dead Man's Folly《弄假成真》
1959　Cat Among the Pigeons《鸽群中的猫》
1960　The Adventure of the Christmas Pudding《雪地上的女尸》

阿加莎·克里斯蒂 侦探作品年表

1963　The Clocks《怪钟疑案》
1966　Third Girl《第三个女郎》
1969　Hallowe'en Party《万圣节前夜的谋杀》
1972　Elephants Can Remember《大象的证词》
1974　Poirot's Early Stories《蒙面女人》
1975　Curtain—Poirot's Last Case《帷幕》

马普尔小姐系列

1930　The Murder at the Vicarage《寓所谜案》
1932　The Thirteen Problems《死亡草》
1942　The Body in the Library《藏书室女尸之谜》
1943　The Moving Finger《魔手》
1950　A Murder Is Announced《谋杀启事》
1952　They Do It with Mirrors《借镜杀人》
1953　A Pocket Full of Rye《黑麦奇案》
1957　4.50 from Paddington《命案目睹记》
1962　The Mirror Crack'd from Side to side《破镜谋杀案》
1964　A Caribbean Mystery《加勒比海之谜》
1965　At Bertram's Hotel《伯特伦旅馆》
1971　Nemesis《复仇女神》
1976　Sleeping Murder《沉睡谋杀案》
1979　Miss Marple's Final Cases《马普尔小姐最后的案件》

其他系列及非系列

1922　The Secret Adversary《暗藏杀机》
1924　The Man in the Brown Suit《褐衣男子》
1925　The Secret of Chimneys《烟囱别墅之谜》
1929　Partners in Crime《犯罪团伙》
1929　The Seven Dials Mystery《七面钟之谜》
1930　The Mysterious Mr. Quin《神秘的奎因先生》
1931　The Sittaford Mystery《斯塔福特疑案》
1933　The Witness for the Prosecution and Other Stories《控方证人》
1934　Why Didn't They Ask Evans?《悬崖上的谋杀》

阿加莎·克里斯蒂 侦探作品年表

1934 The Listerdale Mystery《金色的机遇》
1934 Parker Pyne Investigates《惊险的浪漫》
1939 Murder Is Easy《逆我者亡》
1939 And Then There Were None《无人生还》
1941 N or M?《桑苏西来客》
1944 Towards Zero《零点》
1945 Sparkling Cyanide《闪光的氰化物》
1945 Death Comes as the End《死亡终局》
1949 Crooked House《怪屋》
1950 Three Blind Mice and Other Stories《三只瞎老鼠》
1951 They Came to Baghdad《他们来到巴格达》
1954 Destination Unknown《地狱之旅》
1958 Ordeal by Innocence《奉命谋杀》
1961 The Pale Horse《灰马酒店》
1967 Endless Night《长夜》
1968 By the Pricking of My Thumbs《煦阳岭的疑云》
1970 Passenger to Frankfurt《天涯过客》
1973 Postern of Fate《命运之门》
1991 Problem at Pollensa Bay《神秘的第三者》
1997 While the Light Lasts《灯火阑珊》

出版前言

纵观世界侦探文学一百七十余年的历史,如果说有谁已经超脱了这一类型文学的类型化束缚,恐怕我们只能想起两个名字——一个是虚构的人物歇洛克·福尔摩斯,而另一个便是真实的作家阿加莎·克里斯蒂。

阿加莎·克里斯蒂以她个人独特的魅力创造着侦探文学史上无数的传奇:她的创作生涯长达五十余年,一生撰写了八十余部侦探小说,她开创了侦探小说史上最著名的"黄金时代";她让阅读从贵族走入家庭,渗透到每个人的生活中;她的作品被翻译成一百多种文字,畅销全球一百五十余个国家,作品销量与《圣经》《莎士比亚戏剧集》同列世界畅销书前三名;她的《罗杰疑案》《无人生还》《东方快车谋杀案》《尼罗河上的惨案》都是侦探小说史上的经典;她是侦探小说女王,因在侦探小说领域的独特贡献而被册封为爵士;她是侦探小说的符号和象征。她本身就是传奇。沏一杯红茶,配一张躺椅,在暖暖的阳光下读阿加莎的小说是一种生活方式,是惬意的享受,也是一种态度。

午夜文库成立之初就试图引进阿加莎的作品,但几次都与版权擦肩而过。随着午夜文库的专业化和影响力日益增强,阿加莎·克里斯蒂的版权继承人和哈珀柯林斯出版公司主动要求将版权独家授予新星出版社,并将阿加莎系列侦探小说并入午夜文库。这是对我们长期以来执着于侦探小说出版的褒奖,是对我们的信任与鼓励,更是一种压力和责任。

新版阿加莎·克里斯蒂作品由专业的侦探小说翻译家以最权威的英文版本为底本,全新翻译,并加入双语作品年表和阿加莎·克里斯蒂家族独家授权的照片、手稿等资料,力求全景展现"侦探女王"的风采与魅力。使读者不仅欣赏到作家的巧妙构思、离奇桥段和睿智语言,而且能体味到浓郁的英伦风情。

阿加莎作品的出版是一项系统工程,规模庞大,我们将努力使之臻于完美。或存在疏漏之处,欢迎方家指正。

新星出版社
午夜文库编辑部

Agatha Christie

Over the next few years, we plan to celebrate two very important Agatha Christie anniversaries. In 2015, it is the 125th anniversary of her birth in Torquay, South Devon, England, and in 2020 it will be 100 years after her first book, THE MYSTERIOUS AFFAIR AT STYLES, featuring her famous detective, Hercule Poirot, was published. This is therefore a very appropriate moment to publish a new edition of her works, and I am delighted that HarperCollins has chosen to work with New Star on these new editions. New Star is China's top crime publisher, and has a strong and dedicated editorial staff and a confirmed passion for Agatha Christie, making them the ideal partner. It is the right time to make these classic books available in modern translations and so to bring Agatha Christie's books anew to her many fans in China, giving them a new reason to re-read these much-loved stories, as well as introducing them to a whole new audience. How delighted Agatha Christie would have been that her stories (as she called them) are still giving so much pleasure to so many people all over the world!

I think there are two very remarkable things about Agatha Christie's stories. The first is that they are so adaptable. It doesn't really matter which language they appear in, the stories and the plots still give the same thrill, still provide the same puzzles, and the characters still have the same attraction. Readers in China will I am sure enjoy Hercule Poirot and Miss Marple just as much as we do in England, and readers in China will still be transfixed by the surprises and horrors of AND THEN THERE WERE NONE, one of the great classics of 20th century detective fiction, as we are here.

Agatha Christie

The second is that the stories give a wonderful picture of England, particularly rural England, at the time Agatha Christie lived. She wrote books from 1920 until 1970 but it is sometimes hard to tell which part of her life each book was written in. Her characters and the life they lived were very much the same. The life we all live is changing very quickly these days but "the Agatha Christie world" stays the same. Perhaps the Miss Marple stories provide the best example of this, and in some ways, THE BODY IN THE LIBRARY and NEMESIS are quite similar, despite the fact that thirty years elapsed between the time they were written.

Perhaps I might end by mentioning three Agatha Christies (other than the ones mentioned above) which I think demonstrate why she is so popular, even in the twenty-first century. The first is MURDER ON THE ORIENT EXPRESS, one of the most famous with one of the most ingenious and human plots. Next read this on one of your long train journeys in China! Next is A MURDER IS ANNOUNCED, a Miss Marple which was her 50th book. It has my favourite murderer in it! And last is ENDLESS NIGHT a story about evil and how it affects three young people, written at the time when I knew her best, and understood how deeply she cared and sympathised with young people and the world they lived in.

Whichever are your favourites I hope you enjoy these stories that New Star are introducing to you again. I think it is a great publishing event.

Mathew Prichard
Grandson of Agatha Christie
Chairman of Agatha Christie Ltd

致中国读者

(午夜文库版阿加莎·克里斯蒂作品集序)

在未来的几年中,我们将要筹备两个非常重要的关于阿加莎·克里斯蒂的纪念日。二〇一五年是她的一百二十五岁生日——她于一八九〇年出生于英国的托基市,二〇二〇年则是她的处女作《斯泰尔斯庄园奇案》问世一百周年的日子,她笔下最著名的侦探赫尔克里·波洛就是在这本书中首次登场。因此,新星出版社为中国读者们推出全新版本的克里斯蒂作品正是恰逢其时,而且我很高兴哈珀柯林斯选择了新星来出版这一全新版本。新星出版社是中国最好的侦探小说出版机构,拥有强大而且专业的编辑团队,并且对阿加莎·克里斯蒂的作品极有热情,这使得他们成为我们最理想的合作伙伴。如今正是一个良机,可以将这些经典作品重新翻译为更现代、更权威的版本,带给她的中国书迷,让大家有理由重温这些备受喜爱的故事,同时也可以将它们介绍给新的读者。如果阿加莎·克里斯蒂知道她的小故事们(她这样称呼自己的这些作品)仍然能给世界上这么多人带来如此巨大的阅读享受,该有多么高兴啊!

我认为阿加莎·克里斯蒂的作品有两个非常重要的特征。首先它们是非常易于理解的。无论以哪种语言呈现,故事和情节都同样惊险刺激,呈现给读者的谜团都同样精彩,而书中人物的魅力也丝毫不受影响。我完全可以肯定,中国的读者能够像我们英国人一样充分享受赫尔克里·波洛和马普尔小姐带来的乐趣;中国读者也会和我们一样,读到二十世纪最伟大的侦探经典作品——比如《无人生还》——的时候,被震惊和恐惧牢牢钉在原地。

第二个特征是这些故事给我们展开了一幅英格兰的精彩画卷,特别是阿加莎·克里斯蒂那个年代的英国乡村。她的作品写于二十世纪二十年代至七十年代间,不过有时候很难说清楚每一本书是在她人生中的哪一段日子里写下的。她笔下的人物,以及他们的生活,多多少少都有些相似。如今,我们的生活瞬息万变,但"阿加莎·克里斯蒂的世界"依旧永恒。也许马普尔小姐的故事提供了最好的范例:《藏书室女尸之谜》与《复仇女神》看起来颇为相似,但实际上它们的创作年代竟然相差了三十年。

最后,我想提三本书,在我心目中(除了上面提过的几本之外)这几本最能说明克里斯蒂为什么能够一直受到大家的喜爱。首先是《东方快车谋杀案》,最著名,也是最机智巧妙、最有人性的一本。当你在中国乘火车长途旅行时,不妨拿出来读读吧!第二本是《谋杀启事》,一个马普尔小姐系列的故事,也是克里斯蒂的第五十本著作。这本书里的诡计是我个人最喜欢的。最后是《长夜》,一个关于邪恶如何影响三个年轻人生活的故事。这本书的写作时间正是我最了解她的时候。我能体会到她对年轻人以及他们生活的世界关心至深。

现在新星出版社重新将这些故事奉献给了读者。无论你最爱的是哪一本,我都希望你能感受到这份快乐。我相信这是出版界的一件盛事。

阿加莎·克里斯蒂外孙

阿加莎·克里斯蒂有限责任公司董事长

马修·普理查德

二〇一三年二月二十日

阿加莎·克里斯蒂侦探作品集㉙

H庄园的午餐
Sad Cypress

[英] 阿加莎·克里斯蒂 著
黄夏青 译

新 星 出 版 社　NEW STAR PRESS

献给彼得和佩吉·麦克劳德

来吧,死亡,来吧,
置我于悲伤的柏棺中;
去吧,生息,去吧,
美丽而残忍的姑娘夺去我性命。
白色寿衣,铺满紫杉,将我装殓!
没有真心,为我哀悼。

——莎士比亚[①]

---

①引自莎士比亚《第十二夜》第二幕第四场。——译者注

序幕

"埃莉诺·凯瑟琳·卡莱尔,你被指控于今年七月二十七日谋杀了玛丽·杰拉德。你是否认罪?"

埃莉诺·卡莱尔站得笔直,闻声抬起头。优雅的头颅,一张轮廓分明的脸,她有一双明亮的深蓝色眼眸和一头乌黑亮丽的秀发,眉毛修成了柳叶弯。

沉默——漫长得令人无法忽视的沉默。

埃德温·布尔默爵士——她的辩护律师,感到一阵沮丧的战栗。

他想:

"天哪,她要认罪了……她已经失去神志了……"

埃莉诺·卡莱尔嘴唇微张。

"不认罪。"她说。

辩护律师松了一口气,坐回座位。他用手帕擦了擦额头的汗,感到侥幸逃过一劫。

公诉人塞缪尔·阿坦伯利爵士站起来陈述案情。

"尊敬的法官、陪审团的各位先生,七月二十七日下午三点半,玛丽·杰拉德在梅登斯福德的亨特伯里庄园①死去……"

他的声音滔滔不绝、铿锵悦耳,听得埃莉诺昏昏欲睡。都是一

---

① 原文为亨特伯里庄园,以下简称"H 庄园"。——译者注

些对案情平白简洁的陈述，只有几个零星的句子飘进她的脑子里。

"……案情一目了然……

"……公诉方的责任……证明作案动机和时机……

"……很明显，除了被告，没有任何人有动机要杀死这个可怜的姑娘。玛丽·杰拉德是一个迷人的小姑娘，人见人爱，可以说，在这世上没有仇敌……"

玛丽，玛丽·杰拉德！这一切现在看来是多么遥远，多么不真实……

"……请各位特别留意以下事项：

1．被告有什么样的机会和手段可以获得毒药？

2．她这么做有什么动机？

"我有责任传唤证人到庭，帮助你们得出对这个案子的正确结论……

"……玛丽·杰拉德被毒杀一案，我会竭力向各位证明，没有任何人有机会犯下这种罪行，除了被告……"

埃莉诺觉得好像被囚禁在浓重的迷雾里，零星的话语从雾中飘来。

"……三明治……

"……鱼糜……

"……空房子……"

这几个字刺穿了缠绕着埃莉诺思维的厚重外壳，使得她惊醒过来……

法庭。面孔。一排排的面孔！有一张特别的面孔，长着黑色的小胡子和一双精明的眼睛。赫尔克里·波洛，他的头略微歪向一边，若有所思地看着她。

她想："他试图弄明白我究竟为什么那么做。他试图进入我的头脑，想知道我的想法和我的感受……"感受？有点模糊，有点恶心和震惊……罗迪的脸——可亲可爱的脸，颀长的鼻子，柔软的嘴唇……罗迪！始终是罗迪，始终，从她能记事起……那些在 H 庄园共同度过的日子，山莓丛中，兔子窝边，小溪流畔。罗迪，罗迪，罗迪……

其他人的脸！奥布莱恩护士，她的嘴微微张着，长满雀斑、好气色的脸向前倾。霍普金斯护士看起来一脸得意——得意且无情。然后是彼得·洛德的脸，彼得·洛德，多么善良，多么体贴，多么，多么抚慰人心！但看看现在，成了什么样子！迷失？是的，迷失！一副心急如焚的样子。而她自己，作为事件的主角，却毫不在意！

她在法庭上。平静，冷漠，站在被告席上，被控谋杀。

她被惊醒了，缠绕着她的思维的浓雾变淡了，变得幽灵一样缥缈。在法庭上！人群……

人们向前倾着身子，他们的嘴巴微张着，眼睛瞪得大大的，幸灾乐祸地盯着她，埃莉诺，他们津津有味地听着那个高个子男人讲述有关她的案情。

"这件案子的事实是非常清楚的，并且不存在争议。接下来我将向你们简单陈述一下案情。从一开始……"

埃莉诺心想，一开始……一开始？收到那封可怕的匿名信那天！这就是开始……

第一部分

第一章

1

一封匿名信！埃莉诺·卡莱尔站在那里，低头看着手里打开的信。她以前从来没有收过这样的信。它让人不悦。字迹难看，错字连篇，粉红色信纸透着一股廉价的气息。

> 写这封信是为了提醒你，
> 我不想说出我的名字，有人盯上了你的姑姑，如果你不留心，你就会失去一切。年轻姑娘是非常狡猾的，而老人家耳根子又软，只要年轻人巴结奉承她，就会言听计从。要我说你最好来一趟，自己看看是怎么回事。你和那位年轻的先生不应该失去这一切——她是很狡猾的，而老太太随时都会挂掉。
>
> 好心人

埃莉诺还在盯着这封信，她的眉毛厌恶地拧到了一起，这时门开了。女仆通报："韦尔曼先生来了。"这时，罗迪走了进来。

罗迪！每次看到罗迪，埃莉诺都有种头晕目眩的感觉，一种突如其来的快乐的悸动，但是表面上她却不动声色。因为很明显，罗迪虽然爱她，却不及她爱他那么深。第一眼看到他就让她的心悸动莫名，甚至觉得疼痛。真是不可思议，一个人，一个普通人，是的，一个极其普通的年轻人，竟然能够对另一个人产生这么大的魔力！一看到他，她就目眩神迷，一听到他的声音她就甚至有点想哭。爱难道不应该是让人心情愉悦的吗？怎么会强烈到让人受伤？

有一点她很清楚：她必须非常小心地掩饰这一切。男人不喜欢被女人过分痴缠和崇拜。罗迪当然也不例外。

她轻描淡写地说："嗨，罗迪！"

罗迪说："嗨，亲爱的。你怎么愁容满面，收到账单了？"

埃莉诺摇摇头。

罗迪说："我还以为是账单呢——仲夏，你知道的，精灵翩翩起舞的时候，账单也纷至沓来了！"

埃莉诺说："这个更可怕。是一封匿名信。"

罗迪的眉毛向上一挑，高傲的脸僵住了，他面色大变，不悦地说："不会吧！"

埃莉诺再次说："这个真的很可怕。"

她朝书桌走了一步。

"我想，最好还是撕了它。"

她本来可以这么做，她也差点这么做了，因为罗迪和匿名信完全不应该被牵扯到一起。她可以把信丢到一边，不再去想它。他也不会制止她的。他的洁癖远远超过他的好奇心。

但埃莉诺却突然改了主意。她说："不过，也许你还是先看看吧。然后我们再烧了它。是关于劳拉姑姑的。"

罗迪吃惊地扬起眉毛说："劳拉婶婶？"

他接过信看起来，眉头厌恶地拧起，看完把信递了回去。"是的，"他说，"一定要烧掉！怎么会有这样奇怪的人！"

埃莉诺说:"你觉得会不会是一个仆人?"

"我想是的。"他犹豫了一下,"我不知道他们说的那个人是谁?"

埃莉诺若有所思地说:"我想一定是玛丽·杰拉德。"

罗迪皱着眉头,努力回想。

"玛丽·杰拉德?她是谁?"

"就是门房的女儿,你一定还记得她小时候的样子!劳拉姑姑一直很喜欢这个女孩子,对她照顾有加。她为她支付了学费和其他各种教育的费用——钢琴课和法语课之类的。"

罗迪说:"哦,是的,我现在想起来了,骨瘦如柴的孩子,细胳膊细腿的,有一头乱蓬蓬的金发。"

埃莉诺点了点头。

"是的,你应该很久没见她了。自从这些年暑假你父母都选择到国外度假,你当然不像我这么常来H庄园,近年来她又一直在德国当寄宿帮工。不过我们小时候常找她一起玩。"

"她现在长什么样了?"罗迪问。

埃莉诺说:"非常漂亮,落落大方。是这些年受到良好教育的结果,你一点都看不出她是老杰拉德的女儿。"

"像个真正的大家闺秀,是吗?"

"是的。我想,这样一来,她和门房就很不相称了。杰拉德太太几年前去世了,玛丽和她的父亲关系并不好。他总嘲笑她上了学和'小姐派头'。"

罗迪气愤地说:"人们做梦也想不到'教育'对人有什么危害!对某些人来说那不是仁慈,反而是一种残忍!"

埃莉诺说:"我想她常常待在大宅子里。我知道,自从劳拉姑姑中风后,都是由她读书给姑姑听。"

罗迪说:"为什么不能让护士读给她听?"

埃莉诺笑着说:"奥布莱恩护士那一口爱尔兰土腔,生硬得像用刀子砍东西!我不奇怪劳拉姑姑更喜欢让玛丽来读。"

罗迪显得有些紧张,他快步在房间里走来走去,足足有一两分钟。然后他说:"埃莉诺,我觉得我们应该去一趟。"

埃莉诺有些迟疑地说:"难道因为这个?"

"不,不,才不是呢。噢,该死,我还是实话实说吧,正是因为这个!这封信虽然令人恶心,但背后可能隐藏着某些真相。我的意思是,老太太确实病得不轻……"

"是的,罗迪。"

他朝她露出一个迷人的微笑,承认人性的不可靠。他说:"而且这笔钱对你我来说确实很重要,埃莉诺。"

她很快就承认了这一点:"是的,确实如此。"

他认真地说:"这不是我贪财。但是,毕竟,劳拉婶婶自己说了一遍又一遍,你和我是她仅有的亲人了。你是她的亲侄女、她哥哥的孩子,我是她丈夫的侄子。她总是暗示我们,她去世后所有的一切会由我们中的一个——更可能是我们俩共同继承。而且这是相当大的一笔财产,埃莉诺。"

"是的,"埃莉诺若有所思地说,"确实如此。"

"要维持 H 庄园可不是闹着玩的。"他停顿了一下,"亨利叔叔遇到你的劳拉姑姑的时候,我想,就已经挺有钱了。加上她自己又是富有的继承人。她和你父亲都继承了一大笔钱。可惜你的父亲投资不当,失去了他的大部分财产。"

埃莉诺叹了口气,说:"可怜的父亲从来没有什么商业头脑。他在去世前一直为这些事情操心。"

"是的,你的劳拉姑姑比你父亲更善于理财。她嫁给了亨利叔叔,他们买下了 H 庄园,她有一天告诉我,她在投资方面一直很走运,几乎从未亏过。"

"亨利叔叔死的时候把一切都留给了她，是不是？"

罗迪点了点头。"是的，可惜的是他那么早就去世了。而她也没有再婚。真是忠贞的老人家。她对我们一直非常好。她待我就像亲侄子一样。如果我有困难，她总是不吝施以援手帮我摆脱困境。幸运的是，我没有经常麻烦她！"

"她对我也一样，一直非常慷慨。"埃莉诺感激地说。

罗迪点了点头。"劳拉婶婶真的是大好人，"他说，"但是，老实说，埃莉诺，虽然不是故意的，如果考虑到我们的实际财力，你和我生活得真是太奢华了！"

她沮丧地说："我想你说得没错。一切的开销都是那么大——衣服、化妆品，还有些无聊的东西，比如电影和鸡尾酒，甚至唱片！"

罗迪说："亲爱的，你是空谷百合，不是吗？你不用为稻粱谋，也不用为五斗米折腰！"

埃莉诺说："你觉得我应该怎样，罗迪？"

罗迪摇了摇头。"我就喜欢你现在的样子：超凡脱俗。我可不喜欢你认真工作。我得说，要不是因为劳拉婶婶，你可能就要去干一些辛苦的工作了。"

他接着说："我也是一样。我现在在刘易斯与休谟公司工作，工作不累又体面，最适合我了。这份工作让我维持了我的自尊，但是我并不担心未来，因为我指望着劳拉婶婶。"

埃莉诺说："我们真像吸血的蚂蟥！"

"胡说！我们只是知道将来会得到一大笔钱，仅此而已。当然这实际上会影响我们的行为。"

埃莉诺若有所思地说："劳拉姑姑从来没有明确地告诉我们，她到底会如何处理她的钱。"

罗迪说:"那没关系!总归会给我们俩平分吧。哪怕最后不是这样——如果她把全部或大部分财产留给你,因为你是她的至亲,那也没关系,亲爱的,我还是一样可以分享它,因为我要娶你;如果老太太觉得我是韦尔曼家的男丁而把财产留给我,那也一样,因为你要嫁给我。"

他看着她深情一笑,说:"幸运的是我们碰巧相爱。你是爱我的,对不对,埃莉诺?"

"是的。"她冷冷地说,几乎是一本正经的。

"是的!"罗迪模仿她的语气,"你真可爱,埃莉诺。你那冷冰冰的气质,拒人千里,就像'远方的公主'①。我想,正是这点让我着迷。"

埃莉诺屏住了呼吸。她说:"是吗?"

"是的。"他皱起了眉头,"有些女人是那么……哦,我形容不了,那么有占有欲——那么……那么忠心耿耿——感情泛滥!我讨厌这样。而跟你一起,我永远没有把握,从来不敢肯定,你随时都会变脸,换上一张冷若冰霜的脸,冷冷地说自己改变主意了,就像这样,眼皮都不眨一下!你是个迷死人的东西,埃莉诺。你就像一件艺术品,那么……那么完美!"

他接着说:"你知道,我觉得我们的婚姻将是完美的。我们都足够爱对方,但都不过分。我们是很好的朋友,趣味相投,知根知底。我们具有表兄妹般的亲近,却没有血缘的问题。我永远不会厌倦你,因为你是那样一个难以捉摸的人儿。不过,你倒可能会讨厌我,我是如此平凡……"

埃莉诺摇摇头。她说:"我不会厌倦你,罗迪——永远不会。"

---

①远方的公主 *La Princesse Lointaine* 是法国著名诗人及剧作家 Edmond Rostand 在一八九五年的剧作。——译者注

"我的甜心!"

他吻了她。

他说:"我觉得,劳拉婶婶十分清楚我们的关系,虽然我们确定关系后还没去看望过她。这正好给了我们一个去她那里的理由,不是吗?"

"是的。前几天我也正想——"

罗迪接上她的话:"我们没有尽可能多地去看望她。我也想到这一点了。她第一次中风的时候,我们几乎每隔一个星期的周末都去,但最近我们差不多有两个月没去看她了。"

埃莉诺说:"如果她叫我们去,我们会立刻赶过去的。"

"是的,那当然。我们知道她喜欢奥布莱恩护士,她把她照顾得很好。不过,尽管如此,也许我们还是有点懈怠了。我现在不是从财产的角度这么说,而纯粹是从人情来讲。"

埃莉诺点了点头说:"我知道。"

"所以这封肮脏的信毕竟还是做了件好事!我们会去保护我们的利益,因为我们喜欢老太太!"

他点了一根火柴,从埃莉诺手里接过信,把它烧了。

"不知道是谁写的,"他说,"不过这不是问题……正像我们小时候常说的,有人'站在我们这一边'。也许这对我们是好事。吉姆·帕廷顿的母亲搬去了里维拉,有个年轻英俊的意大利医生照顾她,结果她迷上了他,把自己所有的财产都留给了他。吉姆和他的姐妹们试图推翻遗嘱,但没有成功。"

埃莉诺说:"劳拉姑姑挺喜欢接手兰塞姆医生业务的新医生——但没到那种程度!再说,那封可怕的信提到是个姑娘。一定是玛丽。"

罗迪说:"咱们亲自去看看。"

2

奥布莱恩护士从韦尔曼夫人的卧室里出来,进入浴室。她转过头说:"我来烧水,护士,这样你肯定能喝杯茶再走。"

霍普金斯护士舒心地说:"太好了,亲爱的,我是什么时候都能来一杯茶。我总是说,没有什么比得上一杯好茶,一杯浓茶!"

奥布莱恩护士一边给水壶灌满水放到煤气炉上,一边说:"我把需要的东西都放在这个柜子里了——茶壶、杯子、糖。埃德娜每天都会给我送两次鲜牛奶。没有必要总是按铃叫仆人。这个煤气炉很好用,一壶水一下子就烧开了。"

奥布莱恩护士是个三十岁左右、高个子的红头发女人,有一口闪亮的白牙,满脸雀斑,笑容迷人。她的开朗和活力让她备受病人欢迎。霍普金斯护士是当地的庄区护士,每天早上来帮忙照顾身躯沉重的老太太如厕和铺床等事务,她是个其貌不扬的中年妇人,看起来十分能干,活泼开朗。

她赞赏地说:"这幢房子真不错。"

另一位护士点点头。"是的,虽然有点老式,没有中央供暖,但有很多壁炉,所有的女仆都非常听话,毕索普太太把她们训练得很好。"

霍普金斯护士说:"我真受不了现在的这些女孩子,不知道她们到底想要什么,大部分连日常工作都做不好。"

"玛丽·杰拉德是个好姑娘,"奥布莱恩护士说,"我真的不知道韦尔曼夫人要是没有她该怎么办。你看到她现在有多么依赖她了吗?嗯,我要说的是,她是一个可爱的小家伙,她对付老太太有自己的一套。"

霍普金斯护士说:"我为玛丽感到难过。她那个老父亲想尽办法折磨她。"

"那个倔老头,狗嘴里吐不出象牙。"奥布莱恩护士说,"水开了,我得赶紧泡茶去。"

茶泡好了,滚烫的浓茶。两名护士在韦尔曼夫人卧室隔壁的奥布莱恩护士的房间里坐着喝茶。

"韦尔曼先生和卡莱尔小姐就要来了,"奥布莱恩护士说,"今天早上有一封电报发来。"

"哦,原来如此,"霍普金斯护士说,"怪不得今天老太太看起来很高兴。他们有一段时间没来了,不是吗?"

"至少有两个月了。韦尔曼先生可真是个不错的年轻绅士,就是看起来有点傲慢。"

霍普金斯护士说:"我前几天在《尚流》杂志上看到了小姐的照片了,她与朋友在新市场。"

奥布莱恩护士说:"她在上流社会非常出名,是不是?而且总是穿着漂亮的衣服。你觉得她真的长得好看吗,护士?"

霍普金斯护士说:"很难说,现在这些女孩子都化着妆,不知道她们实际长什么样子!在我看来,她可能还没有玛丽·杰拉德漂亮!"

奥布莱恩护士撅起嘴,把头歪向一边。"也许你说得对。但是玛丽没她那么好的气质!"

霍普金斯护士言简意赅地说:"人靠衣装马靠鞍。"

"再喝一杯茶,护士?"

"谢谢你,护士。我很乐意再来一杯。"

端着热气腾腾的茶杯,两个女人凑得更近了。奥布莱恩护士说:"昨天晚上发生了一件奇怪的事。夜里两点钟的时候,我和往常一样,到老太太房间里帮她翻身,让她躺得更舒服一些。她醒着,但她一

定做梦了,因为我一走进房间,她就说,'照片,我要那张照片。'

于是我说,'好的,韦尔曼夫人。但是,你要不要等到早上再看?'她说,'不,我现在就想看。'于是我说,'好吧,照片在哪里?你指的是罗德里克先生的照片吗?'她说,'罗德里克?不,是刘易斯。'然后她挣扎着要起来,我扶她坐起来,她从床边的小盒子里拿出一把钥匙,让我打开那个高脚柜的第二个抽屉,果然,里面有一张镶着银框的大照片。照片里是一个非常英俊的男子,照片一角写着'刘易斯'的名字。照片样式很老了,一定是很久以前拍的。我把它拿给她,她拿着照片看了很久,嘴里还喃喃地说,'刘易斯……刘易斯。'然后,她叹了口气,把照片给我,叫我把它放回去。而且,你相信吗,当我再转身看她的时候,她已经睡得像个孩子一样香了。"

霍普金斯护士说:"你觉得照片上的人是不是她的丈夫?"

奥布莱恩护士说:"不是!今天上午我装作不经意的样子问毕索普太太已故韦尔曼先生叫什么名字,她告诉我是亨利!"

两个女人交换了一下眼色。霍普金斯护士长着一个长鼻子,这会儿因为激动,鼻尖一颤一颤的。她若有所思地说:"刘易斯……刘易斯。我很好奇。我想不起来附近有谁叫这个名字。"

"这应该是很多年前的事情了,亲爱的。"对方提醒她。

"是的,当然了,我来这里才一两年。我很好奇——"

奥布莱恩护士说:"是个非常英俊的男人。看起来好像是一名骑兵军官!"

霍普金斯护士呷了一口茶。她说:"这很有意思。"

奥布莱恩护士沉浸在浪漫的想象中:"也许他们是青梅竹马,被无情的父亲拆散了。"

霍普金斯护士深深叹了口气,说:"也许他后来战死沙场了。"

3

当霍普金斯护士在茶叶和浪漫遐想的刺激下心满意足,终于要离开的时候,玛丽·杰拉德跑出门追上了她。

"噢,护士,我可以跟你一起走到村里去吗?"

"当然可以,玛丽,亲爱的。"

玛丽·杰拉德气喘吁吁地说:"我必须和你谈谈。我对一切都很担心。"

年长的妇人亲切地望着她。

二十一岁的玛丽·杰拉德是个可爱的小东西,像一朵野玫瑰一样娇艳梦幻:修长的脖子,浅金色的鬈发柔顺自然地烘托着玲珑娇俏的脸庞,碧蓝的眼睛灵动有神。

霍普金斯护士说:"碰到什么麻烦了吗?"

"麻烦就是时间一天天过去,而我却无所事事!"

霍普金斯护士生硬地说:"你有的是时间。"

"是的,但如此……如此令人不安。韦尔曼夫人一直那么慷慨,为我支付所有这些昂贵的教育费用。我觉得现在我应该要开始自己谋生了。我应该接受某方面的培训。"

霍普金斯护士同情地点点头。

"如果我不这么做,那么以前的一切都白费了。我试过向……向韦尔曼夫人解释,但是,这太难了,她似乎并不明白。她总是说时间有的是。"

霍普金斯护士说:"别忘了,她是个病人。"

玛丽满脸通红,羞愧地说:"是的,我知道。我想我不该打扰她。但是,我很担心,父亲又是那样,那样不通情理!总是嘲笑我想当个淑女!不过说实在的,我真不想这样游手好闲!"

"我知道你不想。"

"麻烦的是,任何培训的学费都很昂贵。我现在德语已经学得相当好了,也许可以凭这个找份工作。但我想成为一个医院的护士。我真的喜欢护理和照顾病人。"

霍普金斯护士实事求是地说:"别忘了,当护士你得壮得像匹马才行!"

"我很强壮!我真的很喜欢护理。我母亲有个妹妹,住在新西兰,就是一名护士。因此,你瞧,我觉得我也有这样的天分。"

"当个按摩师怎样?"霍普金斯护士建议道,"或者去北方当保姆?你那么喜欢孩子。当按摩师赚得挺多。"

玛丽迟疑地说:"可是培训费很贵吧,是不是?我希望——当然我太贪心了——她已经为我做了这么多。"

"你是说韦尔曼夫人吗?胡说。在我看来,这是她欠你的。她给了你最上等的教育,却都是派不上用场的那种。你不想教书吗?"

"我不够聪明。"

霍普金斯护士说:"满大街都是聪明人!如果你听我的,玛丽,目前你还是耐心等待。在我看来,正如我说过的,韦尔曼夫人欠你的,她有责任帮你在事业上起步。而且我毫不怀疑她自己也是这样打算。只是问题在于她太喜欢你了,她不想失去你。"

"噢!"玛丽说,她喘了一口气,"你真的这么认为?"

"我一点儿也不怀疑这点!你瞧,可怜的老太太瘫痪在床,了无生趣,没什么能够让她高兴的了。所以身边有个像你这样年轻漂亮、朝气蓬勃的女孩子,对她来讲是莫大的安慰。而且你对待病人又是那么体贴。"

玛丽轻声说:"如果你真的这么认为,这让我感觉好多了……亲爱的韦尔曼夫人,我非常非常喜欢她!她一直对我这么好。我愿意为她做任何事！"

霍普金斯护士生硬地说："那么你现在该做的就是该怎么样还怎么样，不要瞎担心！反正这样的日子过不了多久了。"

玛丽说："你的意思是？"

她惊恐地瞪大了双眼。

地区护士点点头。"她现在看着情况不错，但维持不了多久。还会有第二次和第三次中风。我对这种病太了解了。你要有耐心，亲爱的。如果你把老太太最后的日子服侍好，让她开开心心的，这比什么都好。你会时来运转的。"

玛丽说："你真好。"

霍普金斯护士说："你父亲从门房里出来了，看样子就知道他今天过得不顺心。"

她们走到大铁门旁。一位弯腰驼背的老人正从门房的台阶上步履蹒跚地走下来。

霍普金斯护士高兴地打招呼："早上好，杰拉德先生。"

伊法姆·杰拉德粗声粗气地说了声："啊！"

"今天天气真好啊。"霍普金斯护士说。

老杰拉德生气地说："天气再好也不干我的事。腰痛都把我折腾死了。"

霍普金斯护士还是高高兴兴地说："我想这是上个星期的湿气的缘故。今天这种炎热干燥的天气很快就会驱除湿气的。"

她轻描淡写的专业态度似乎惹恼了那位老人。

他不高兴地说："护士，护士，你们都是一样的。拿别人的痛苦当快乐。一点同情心都没有！还有玛丽，也成天念叨着要当护士。我还以为她会更有出息呢，既然在学校里学了什么法语、德语、钢琴演奏，还跑到国外旅行。"

玛丽厉声说:"能成为医院的护士对我来说已经够好了!"

"是的,我看你干脆什么都不要干了,是不是?摆出你那趾高气扬的架子来,当个什么都不用干的大小姐。懒虫,那才是你的本色,我的女儿!"

玛丽的眼泪像断线的珍珠,她争辩道:"不是这样的,爸爸。你没有权利这样说我!"

霍普金斯护士不容分说地来劝解。

"今天早上这天气真让人有点难受,是不是?其实你并不是真的这个意思,对不对,杰拉德?玛丽是个好姑娘,是你的好女儿。"

杰拉德恶狠狠地瞪了一眼自己的女儿。"她再也不是我女儿了,学会了法语、历史、装腔作势。呸!"

他转身走进了门房。

玛丽的眼泪还在眼眶里打转:"你看见了,是不是,护士,多么伤人啊?他就是这么不讲理。他从来没有真正喜欢过我,甚至当我还是个小女孩的时候就这样。妈妈总是会护着我。"

霍普金斯护士和蔼地说:"好了,好了,别难过。这些都是对我们的考验!老天,我得赶紧走了。今天早上我还有一堆事情呢。"

玛丽·杰拉德站在那里,看着那轻快的身影远去,她惆怅地想,没有人是真心为你,或真正能够帮你的。霍普金斯护士虽然善良,也不外乎是说些陈腔滥调,还自以为是什么新鲜话罢了。

玛丽闷闷不乐地想:"我该怎么办?"

第二章

1

韦尔曼夫人靠在精心放置的枕头上。她的呼吸有点粗重,但没有睡着。她的眼睛依然深邃湛蓝,很像她的侄女埃莉诺。她正向上看着天花板。她是个高大丰满的女人,有着端庄而犀利的外貌。她的脸上现出高傲与决断的神色。

眼睛往下看,落在坐在窗边的身影上。温柔地在那里停留——几乎是带着渴望。

"玛丽——"最后她开口了。

女孩迅速转身。"哦,你醒了,韦尔曼夫人。"

劳拉·韦尔曼说:"是的,我已经醒了有一会儿了。"

"哦,我不知道。我刚才……"

韦尔曼夫人打断她:"不,没关系。我在想,想很多事情。"

"想什么呢,韦尔曼夫人?"

关切的神情与话语,使得老妇人的脸上浮现温柔的神色。她轻轻地说:"我很喜欢你,亲爱的。你对我非常好。"

"噢,韦尔曼夫人,是你一直对我很好。如果不是你,我不知道我会怎么样!你给了我一切。"

"我真的不知道,我不知道。"生病的女人不安地动了动,她的右手臂抽动着，左边的胳膊却一动不动，毫无生气，"人们总是尽力想做最好，但到底什么是最好的，什么是对的，却很难知道。我一直太自以为是了。"

玛丽·杰拉德说："哦，不，我敢肯定，你一直做的都是对的，是最好的。"

但劳拉·韦尔曼摇摇头。"不，不。我很担心。玛丽，我身上一直有一项罪过：我很骄傲。骄傲会成为恶魔。它在我的家族中代代相传。连埃莉诺也是。"

玛丽连忙说："埃莉诺小姐和罗德里克先生要过来真是太好了。你一定很高兴。他们已经有很长时间没来了。"

韦尔曼夫人温柔地说："他们是好孩子——非常好的孩子。他们两个都喜欢我。我知道只要我要求，他们随时都会来。但我并不想经常这样做。他们年轻，快乐，世界是属于他们的。没有必要让他们陪着我遭受行将就木的痛苦。"

玛丽说："我敢肯定，他们从来没有这样觉得，韦尔曼夫人。"

韦尔曼夫人接着说，不过更像是自言自语，而不是对女孩说："我一直希望他们会结婚。但我从来没有向他们吐露过一丝这样的意思。年轻人是如此矛盾。否则会适得其反！很久以前，在他们还小的时候，我就觉得，埃莉诺的心思在罗迪身上。但我不能确定罗迪的心思。他是一个有趣的家伙。亨利也是这样——矜持且挑剔……是的，亨利……"

她沉默了一下，想着她死去的丈夫。她喃喃地说："那是很久以前——很久很久以前的事了……我们结婚才五年他就死了。双侧肺炎……我们很幸福，是的，很幸福，但是那幸福，不知为何，似乎很不真实。我还是一个古怪、阴郁、不成熟的姑娘，满脑子理想主义和英雄崇拜。一点儿都不现实。"

玛丽喃喃地说:"你后来一定很寂寞。"

"后来?哦,是的,寂寞得可怕。我那时才二十六岁,现在我六十多岁了。漫长的岁月,亲爱的,非常漫长的岁月。"

她突然苦笑一下:"现在又是这个!"

"你的病?"

"是的。中风是我一直害怕的事情。带来这一切的屈辱!像个婴儿一样,连洗澡都要人帮忙!自己做任何事情都力不从心。这简直要把我逼疯了。奥布莱恩护士是个有耐心的人——这点我承认。她不介意我对她呼来喝去,也不比他们大多数人更愚蠢。但你在我身边对我来说就完全不一样了,玛丽。"

"是吗?"女孩的脸红了。"我,我很高兴,韦尔曼夫人。"

劳拉·韦尔曼敏锐地说:"你一直在担心,是不是?担心自己的未来。交给我,亲爱的。我会安排好的,你会获得经济上的独立,并且拥有一份安身立命的工作。但是要再等等——你在我身边对我来说太重要了。"

"噢,韦尔曼夫人,当然!我绝不会离开你的。除非你不要我——"

"我真的需要你。"老人的声音异常深沉动情。"你——你就像是我的女儿,玛丽。我看着你在H庄园从一个蹒跚学步的小东西长成一个美丽的姑娘。我为你感到骄傲,孩子。我只希望我为你做的是最好的安排。"

玛丽连忙说:"如果你的意思是说,你一直以来对我这么好,让我接受了……嗯,我的地位配不上的教育,如果你认为因此而让我不知足,或者,或者像我父亲说的,有了当大小姐的想法,那不是真的。我只是满怀感激,仅此而已。如果说我急于找个工作自谋生路,那只是因为我觉得这么做是对的,我不应该……不应该……

嗯,游手好闲,毕竟你为我做了那么多。我……我不想被人说我是在吸榨你。"

劳拉·韦尔曼的声音突然变得尖刻:"这就是杰拉德一直灌输给你的想法吗?不要理会你的父亲,玛丽。从来没有,也永远不会有人指责你吸榨我!我要求你在这里待久一点完全是我的私心。用不了多久了……要是他们通情达理,我的命早就可以结束了——而不用被这些护士和医生白费力气地拖延。"

"哦,不,韦尔曼夫人,洛德医生说,你还可以活很多年。"

"我一点也不在乎,谢谢!前天我告诉他,在一个体面的文明国家,应该更人道,如果我想结束自己的生命,他应该有一些不错的药物可以帮我毫无痛苦地解脱。'要是你有一丁点的勇气,医生,'我说,'你就应该那么做!'"

玛丽喊道:"噢!他怎么说?"

"这个没大没小的年轻人只是咧嘴笑笑,并表示他不会冒着被绞死的风险那么做。他说,'如果你把所有的钱都留给我,韦尔曼夫人,那倒可以考虑考虑!'放肆的小坏蛋!不过,我很喜欢他。他的出诊比他的药对我更有效。"

"是的,他真的非常好,"玛丽说,"奥布莱恩护士很崇拜他,霍普金斯护士也是。"

韦尔曼夫人说:"霍普金斯在她这个年纪理应更有头脑。至于奥布莱恩,每当医生走近,她都嗤嗤地假笑,搔首弄姿地说,'噢,医生。'"

"可怜的奥布莱恩护士。"

韦尔曼太太宽容地说:"她不是个坏人,真的,但所有的护士都让人恼火。她们总是觉得在清晨五点你会想要'一杯好茶'!"她停顿了一下。"那是什么?是汽车吗?"

玛丽看看窗外。

"是的,是汽车。埃莉诺小姐和罗德里克先生到了。"

2

韦尔曼夫人对她的侄女说:"我很高兴,埃莉诺,对于你和罗迪的事。"

埃莉诺对她笑笑。"我想你会开心的,劳拉姑姑。"

老妇人在片刻犹豫之后说:"你真的……爱他吗,埃莉诺?"

埃莉诺精致的眉毛一挑。"当然。"

劳拉·韦尔曼赶紧说:"你一定要原谅我,亲爱的。你知道,你总是那么矜持。我很难知道你到底是怎么想的或有什么感觉。你们俩还小的时候,我觉得你也许喜欢罗迪,喜欢得有点过头了。"

埃莉诺精致的眉毛再次一挑。"过头?"

老妇人点点头。"是的。爱得太在乎是不明智的。有时候,年轻姑娘难免如此。我很高兴你后来到德国去了。然后,当你回来的时候,你似乎对他很冷漠。对此,我又很难过!我真是个挑剔的老女人,这也不满意,那也不满意!不过,我一直觉得,你也许有一种强烈的个性,那种个性在我们家族中很普遍。拥有这种个性的人并不十分幸福……但是,正如我所说,当你从国外回来后,对罗迪如此冷淡,我又很难过,因为我一直希望你们俩能走到一起。现在你们终于在一起了,所以一切都尽如人意!你真的爱他吗?"

埃莉诺严肃地说:"我爱罗迪,爱得不能更爱了。"

韦尔曼夫人点头赞许。"那么,我想你们会幸福的。罗迪需要爱,但他不喜欢强烈的情感。占有欲会吓跑他。"

埃莉诺动情地说:"你真了解罗迪!"

韦尔曼夫人说:"如果罗迪爱你比你爱他多一点点,那就一切都好。"

埃莉诺一本正经地说:"阿加莎姑姑的爱情专栏。'让你的男朋友猜不透你的心思!不要让他吃定你!'"

劳拉·韦尔曼犀利地说:"你不开心,孩子?出了什么事吗?"

"没有,没有,什么都没有。"

劳拉·韦尔曼说:"你是不是觉得我挺……粗俗?亲爱的,你年轻、敏感。生活本身,恐怕就是挺粗俗的。"

埃莉诺的回答带着轻微的苦涩:"我想是的。"

劳拉·韦尔曼说:"我的孩子,你不快乐?怎么啦?"

"没什么,真的没什么。"她起身走到窗前。半转着身子说:"劳拉姑姑,实话告诉我,你认为爱情是永远快乐的事情吗?"

韦尔曼夫人的脸色变得严峻。"在某种意义上,埃莉诺,不,可能不会永远快乐。把感情寄托在另一个人身上,带来的总是悲伤多于快乐。但是不管怎么样,埃莉诺,如果没有这种经验,人生就不完整。一个人如果没有真正爱过,就没有真正活过。"

女孩点点头。她说:"是的,你明白,你知道那是什么感觉……"

她突然转过身,眼里含着疑问。"劳拉姑姑——"

门开了,红头发的奥布莱恩护士走了进来,她欢快地说:"韦尔曼夫人,医生来看你了。"

3

洛德医生是一个三十二岁的年轻人。他有茶色的头发,满脸雀斑,长着显著的方下巴。他的眼睛是醒目的浅蓝色,眼中满是热切。

"早上好,韦尔曼夫人。"他说。

"早上好，洛德医生。这是我的侄女，卡莱尔小姐。"

洛德医生一脸掩饰不住的倾慕。他说："你好。"他小心翼翼地握住埃莉诺伸来的手，仿佛怕捏碎它。

韦尔曼夫人接着说："埃莉诺和我的侄子都来为我鼓劲。"

"太好了！"洛德医生说，"这正是你需要的！我相信对你大有好处，韦尔曼夫人。"

他仍然一脸仰慕地看着埃莉诺。

埃莉诺一边向门口走去，一边说："你走之前，我能和你说几句话吗，洛德医生？"

"哦——好的，当然。"

她走了出去，关上了门。洛德医生走近床边，奥布莱恩护士亦步亦趋跟在他身后。

韦尔曼夫人眨眨眼说："医生的老把戏来了——号脉、听呼吸、量体温？你们医生都是骗子！"

奥布莱恩护士叹了口气说："哦，韦尔曼夫人。你怎么能这样说医生！"

洛德医生也眨眨眼说："韦尔曼夫人看穿了我，护士！尽管如此，韦尔曼夫人，我也得做我的老一套，你知道的。我的问题是我从来没有学会正确对待病人的态度。"

"你对待病人的态度没问题。其实你挺自得的。"

彼得·洛德咯咯笑道："这可是你说的！"

经过几个常规的检查后，洛德医生往椅子上一靠，对他的病人笑了。

"好了，"他说，"你恢复得很棒。"

劳拉·韦尔曼说："那么几个星期后我就能起来在屋子里转悠了？"

"没有这么快的。"

"没有，真是的。你这个骗子！这样活着有什么意思，像个婴儿一样处处依赖别人的照顾？"

洛德医生说："活着有什么意思？这真的是个难题。你有没有读过那个中古的故事《小安乐窝》？人在里面不能站，不能坐，也不能躺。你会觉得任何人在里面用不了几个星期就会死。结果却不是。一个人在一个铁笼里生活了十六年，被放出来后一直活到寿终正寝。"

劳拉·韦尔曼说："这个故事说明什么道理呢？"

彼得·洛德说："这个故事的核心是，人有求生的本能。人并不是因为理性而活着。俗话说'好死不如赖活'，谁都不想死，那些有条件活着的人最终向死亡投降是因为他们失去了与死亡搏斗的力量。"

"继续说。"

"没有更多可说的了。不管你怎么说，你属于真正想活下去的那类人！如果你的身体要活下去，你的大脑反其道而行也没有用。"

韦尔曼夫人突然换了个话题："你在这儿过得怎么样？"

彼得·洛德笑着说："这儿的生活挺适合我的。"

"对你这样的年轻人来说，这里的生活是不是有点令人厌烦？难道你不想当专科医生？难道你不觉得当个乡村医生很无聊？"

洛德摇了摇茶色的脑袋。

"不，我喜欢我的工作。我喜欢人，我喜欢处理普通的日常疾病。我真的不想和什么罕见杆菌打交道。我喜欢麻疹、水痘以及其他一切。我喜欢观察不同的身体会对这些病菌做出何种不同反应，如果我能因此改进常规的治疗方法就很高兴了。我的问题是我绝对没有野心。我想留在这里，一直到胡须花白，人们开始说，'当然，我们一直有洛德医生,他是一个不错的老家伙,不过他的治疗方法太老套,也许我们应该找年轻的某某,他的手段是最新的。'"

"嗯,"韦尔曼夫人说,"你好像想得很长远了!"

彼得·洛德站了起来。"好吧,"他说,"我得走了。"

韦尔曼夫人说:"我想我的侄女想要跟你谈谈。顺便问一句,你觉得她怎么样?你以前没见过她。"

洛德医生突然满脸通红,连眉毛都红了。他说:"我噢!她很漂亮,不是吗?而且,呃,还很聪明。"

韦尔曼夫人被逗乐了。她心想"他真的太年轻了",不过她大声说:"你应该结婚了。"

4

罗迪闲逛到了花园。他先穿过草坪中一条宽阔的弯道,走上一条石子铺砌的小路,随后进入围墙内的菜园。这里维护得很好,各样东西都齐备。他不知道,他和埃莉诺将来是否会住在 H 庄园。他猜想他们大概会住在这里。他喜欢乡村生活。不过他拿不准埃莉诺。也许她更想住在伦敦。

和埃莉诺在一起时,想了解她是有点困难的。她不怎么透露内心的想法和感受。他喜欢她的这一点。他讨厌那些总是要倾诉自己的想法和感受的人,好像理所当然地认为你想知道他们内心的一切。有所保留才更有趣。

埃莉诺,他客观地认为,确实很完美。她总是那么淡定和从容。她看起来赏心悦目,谈吐风趣诙谐——总之是最理想的伴侣。

他洋洋得意地想,我多么幸运得到了她。真想不到她会看上像我这样的一个小伙子。

罗德里克·韦尔曼尽管有些挑剔，却并不自负。他真心实意地感到意外，埃莉诺竟然答应嫁给他。

大好人生就在前方。人贵有自知之明，知足才会常乐。他猜想埃莉诺和他会很快结婚——如果埃莉诺愿意的话，也许她会希望推迟一点点。他千万不要催促她。一开始他们的日子可能会有点拮据。

不过，没什么可担心的。他真诚地希望劳拉婶婶能多活几年。她是个好人，一直对他很好，让他在这里度假，总是支持他做的事情。

他把劳拉婶婶会死的想法从头脑里摒除（他的头脑通常回避任何不愉快的事情）。

他不喜欢去想任何不愉快的事情，尤其是不想那些具体的细节。但是……呃……之后……嗯，将会非常愉快地生活在这里，特别是将有足够的钱来维持这种生活。他不知道他的婶婶究竟如何处理她的遗产。这其实并不重要。对于有些女人来说，钱归丈夫还是妻子是个大问题。但埃莉诺不会。她足够聪明，也不太在乎钱。

他想，不，没什么可担心的——无论发生什么事！

他从最远的那个门走出有围墙的花园。

从那里，他漫步进入小树林，春天，水仙花会在此盛开。当然，现在花早谢了。不过阳光从树叶间滤过，在林间投下的绿色光芒仍然如此明媚。

在那一瞬间，他的心里涌上一种奇怪的躁动，在平静的心里掀起波澜。他觉得，有什么东西，我没有的东西，我想要的东西——我要——我要……

金色的绿光，柔和的微风——伴随而来的冲击，让他血脉贲张，激动难耐。

一个女孩穿过树丛，闪闪发光的金发，玫瑰般红润的肌肤，向他走来。

他想,多么美丽——多么惊人的美丽。

什么东西攫住了他的心神,他一动不动地站着,好像被冻成了石像。他觉得天旋地转,这个世界突然不可思议地、了不起地疯狂了!

女孩突然停了下来,然后继续往前走,来到他面前。他还是目瞪口呆地站在那儿,回不过神来。

她说,有一点犹豫:"你不记得我了吗,罗德里克先生?当然,已经很久没见了。我是住在门房的玛丽·杰拉德。"

罗迪说:"噢,噢,你是玛丽·杰拉德?"

她说:"是的。"

然后,她有些羞涩地继续说:"当然,从上次见面后,我变了很多。"

他说:"是的,你变了。我……我没有认出你来。"

他站在那里盯着她,没有听到身后的脚步声。玛丽听到了,她转过身。

埃莉诺一言不发地站了有一分钟,然后她说:"你好,玛丽。"

玛丽说:"你好,埃莉诺小姐,很高兴见到你。韦尔曼夫人一直盼着你来。"

埃莉诺说:"是的,我有一阵子没来了。我——奥布莱恩护士让我来找你。她要帮韦尔曼夫人起身,她说平时都是你跟她一起完成。"

玛丽说:"我马上就去。"

她一路小跑着离开了。埃莉诺站在那里,看着她。玛丽跑得很轻快,每一个动作都很优雅。

罗迪轻声说:"阿塔兰忒。"①

---

①阿塔兰忒(Atalanta),希腊神话中一位善于疾走的女猎手,因在赛跑中输给希波墨涅斯而成为他的妻子。——译者注

埃莉诺没有回答。她一动不动地站了一两分钟，然后说："快到午饭时间了。我们最好回去吧。"

他们并肩走向房子。

5

"噢！来吧，玛丽。这是一部盛大的电影——都是有关巴黎的。故事是由一个顶尖的作者创作的。以前还有过一部关于它的歌剧。"

"你真好，泰德，但我真的不想去。"

泰德·比格兰德气愤地说："我再也请不动你了，玛丽。你变了，完全变了。"

"不，我没有，泰德。"

"你变了！我想是因为你上了那些好学校，又去了德国。你现在已经是我们高攀不起的了。"

"这不是真的，泰德。我不喜欢你这么说。"她激动地说。

这个英俊而强壮的年轻人，尽管生气，还是倾慕地望着她。"是的，你变了。你几乎是个淑女了，玛丽。"

玛丽苦涩地说："几乎毕竟不是，对吗？"

他突然理解了："是的，我认为不是。"

玛丽很快说："反正，今天谁还在乎那种事情？绅士淑女，所有的一切！"

"现在是和过去不一样了，"泰德表示同意，他若有所思，"不管怎么样，我有一种感觉。老天，玛丽，你看起来就像一位伯爵夫人或什么的。"

玛丽说："那可不必。我见过的伯爵夫人看起来都像老古董！"

"噢，你知道我不是这个意思。"

一个高大端庄、穿着得体的黑色套装的身影向他们走来。她的眼神尖锐地扫过他们。

泰德往边上退了一两步。他说:"下午好,毕索普太太。"

毕索普太太客气地点点头。"下午好,泰德·比格兰德。下午好,玛丽。"她从他们身边经过,像一艘扬帆远航的帆船。

泰德恭敬地盯着她的身影。

玛丽喃喃地说:"她才真像是一位公爵夫人!"

"是的——她有一种派头。总是让我紧张到冒汗。"

玛丽慢慢地说:"她不喜欢我。"

"废话,我的姑娘。"

"这是真的。她不喜欢我。她总是对我说话很尖刻。"

"嫉妒,"泰德说,他自作聪明地点点头,"就是这么回事。"

玛丽怀疑地说:"我想或许是因为……"

"就是这么回事,不会有错。她当了好多年 H 庄园的管家,大权在握,号令所有人,现在老韦尔曼夫人看中你,让她靠边站了!就是这么回事。"

玛丽的眉头紧皱:"我真傻,但我就是不能忍受别人不喜欢我。我希望人人都喜欢我。"

"不喜欢你的当然都是女人,玛丽!嫉妒你的美貌!"

玛丽说:"我觉得嫉妒很可怕。"

泰德缓缓地说:"也许,但它有存在的理由。对了,我上个星期在阿勒多看了一部好电影。克拉克·盖博演的。讲一个年轻的百万富翁忽略了他的妻子,然后她假装背叛了他。还有另一个家伙——"

玛丽走开了。"对不起,泰德,我必须要走了。我已经迟到了。"

"你要去哪里?"

"我要去跟霍普金斯护士喝茶。"

泰德做了个鬼脸。"古怪的品位。那个女人是村里最大的长舌妇！她那长鼻子到处嗅来嗅去。"

玛丽说："她一直对我很好。"

"哦，我不是说她有什么坏处。但她喜欢嚼舌根。"

玛丽说："再见，泰德。"

她匆匆离开，留下他站在那里愤愤不平地望着她的背影。

6

霍普金斯护士住在村头的一间小平房里。她自己也刚刚回来，玛丽进屋的时候，她正在解开帽子的系绳。

"啊，你来了。我回来得有点晚了。老郝德杰太太的情况又变糟了。害得我都没时间换衣服。我看到你和泰德·比格兰德在街口。"

玛丽没精打采地说："是的。"

霍普金斯护士正在弯腰给炉子点火，闻言警觉地抬起头。

她的长鼻子抽动着："他跟你说了些什么不寻常的事吗，亲爱的？"

"没有。他只是请我去看电影。"

"我明白了，"霍普金斯护士很快说，"嗯，当然，他是个不错的小伙子，在车库干得也不赖，他的父亲也比这儿的大多数农民强一些。尽管如此，亲爱的，我觉得你嫁给泰德·比格兰德还是太委屈了。和你所受的教育以及一切都不相配。就像我说的，如果我是你，等时机成熟就去学按摩。你就可以到处走走，认识一些人，你的时间也自由一些。"

玛丽说："我会好好考虑一下。前几天韦尔曼夫人跟我谈过。

她对这件事很热心。正像你说的一样,她不希望我马上离开。她说她会想念我。而且她告诉我不要担心未来,她打算帮助我。"

霍普金斯护士有些迟疑地说:"但愿她能够白纸黑字写下来!病人的想法总是反复无常。"

玛丽问:"你觉得毕索普太太真的不喜欢我——还是只是我的错觉?"

霍普金斯护士考虑了一分钟。"我必须说,她那张脸是挺臭的。她是那种见不得年轻人好的人。想想看,或许,韦尔曼夫人太喜欢你了,所以她不高兴了。"

她爽朗地笑了起来。

"如果我是你,我可不瞎担心,玛丽,亲爱的。打开纸袋,好吗?里面有两个甜甜圈。"

第三章

1

昨天晚上你姑姑第二次中风了,暂无生命危险,但如果可能的话,建议你们尽早过来。洛德。

2

收到电报后埃莉诺立即通知了罗迪,现在他们正一起坐火车赶往 H 庄园。

最近一星期,从那里回来以后,埃莉诺不常见到罗迪。在他们仅有的两次短暂会面中,两人之间出现了一种奇怪的拘束感。罗迪曾送花给她——大束长梗玫瑰。对他来说这是不寻常的。在他们一次共进晚餐时,他似乎比平时更加殷勤,询问她喜欢吃什么、喝什么,帮她穿脱大衣。埃莉诺觉得他好像在扮演一个戏剧里的角色——忠实的未婚夫的角色。

然后,她对自己说,别傻了,没什么不对劲的,是你自己疑神疑鬼!都是你那可恶的、斤斤计较的、占有欲的头脑在作祟。

于是她对他的态度比过去更加冷淡,更加疏远。

现在,在这突如其来的紧急情况下,他们摆脱了拘束,又自然地聊天了。

罗迪说:"可怜的老太太,我们那几天去看她的时候,她的身体状况还那么好。"

埃莉诺说:"我真的为她难过。我知道她是多么讨厌生病,而且,我想现在她的病情会更加严重,她会非常讨厌这种身体不能自主的状况!我觉得,罗迪,人应该拥有选择解脱的权利——只要是他们自己真正想要的就行。"

罗迪说:"我同意。这是真正文明的举措。我们会给动物实施安乐死帮助它们摆脱痛苦。但是人类不允许安乐死,也许仅仅是为了防止有些病人的家属为了钱而对病人实施安乐死——也许有些人的病情并没到那种地步呢。"

埃莉诺若有所思地说:"这当然要由医生经手才行。"

"医生可能是骗子。"

"我们可以信赖像洛德医生那样的人。"

罗迪漫不经心地说:"是的,他看起来是个正直的人。不错的家伙。"

3

洛德医生俯身在床前。奥布莱恩护士紧跟在他身后。他的眉头紧皱,想尽量听清楚他的病人那含糊不清的声音说的是什么。

他说:"好的,好的……现在,不要激动。慢慢来。如果你想表示'是',就轻轻抬一下右手——你是不是在担心什么事情?"

他看到了病人给的肯定的手势。

"是什么要紧事吗?是的。你想要什么东西吗?还是要见什么人?卡莱尔小姐?还有韦尔曼先生?他们已经在路上了。"

韦尔曼夫人再次前言不搭后语地说话。洛德医生聚精会神地听着。

"你想他们来了,但不是这件事?要见其他人?亲戚吗?不是?和什么业务有关吗?我明白了。和钱有关系的?律师?我猜对了,是不是?你想见你的律师?要对他做什么安排的指示?"

"好了,好了——没问题了。保持冷静。时间有的是。你说什么?埃莉诺?"他在一堆含糊不清的话语里抓住了这个名字。"她知道是哪位律师?她会安排他过来?好的。她大概半个小时内就到了。我会告诉她你想要什么,我会陪她一起来,我们会把一切处理好的。现在,不用担心了。把一切都交给我吧。我会把事情都按照你希望的那样办妥。"

他在病人床边站了一会儿,看到她慢慢放松下来,才静悄悄地出去,走到楼梯口。奥布莱恩护士跟着他出来。霍普金斯护士正好上楼。他对她点点头。

她气喘吁吁地说:"晚上好,医生。"

"晚上好,护士。"

他跟着她们俩来到隔壁奥布莱恩护士的房间,并给她们下达了指示。霍普金斯护士留下来过夜,替奥布莱恩护士值班。

"明天我得再找一个社区护士。实在是棘手,斯坦福白喉流行,因此护士站人手不够。"

然后,他下达指令,她们毕恭毕敬地听着(有时这让他心里非常受用)。洛德医生下楼,准备迎接病人的侄女和侄子,他的手表告诉他,他们应该马上就会到达。

在大厅里,他遇到了玛丽·杰拉德。她脸色苍白,焦急万分。她问:"她好点了吗?"

洛德医生说:"我可以确保她平安度过今晚——目前只能做到

这样。"

玛丽抽噎着说:"这太残酷,太不公平了!"

他同情地点点头。"是的,有时确实如此。我相信……"

他中断了谈话。"车子到了。"

他走出了大厅。玛丽跑上楼。

埃莉诺一走进客厅就问:"她的情况很糟糕吗?"

罗迪面色苍白,满脸忧虑。

医生严肃地说:"我恐怕这对你会是个打击。她严重瘫痪了,话已经说不清楚。顺便说一句,她肯定有心事。她要叫她的律师来。你知道他是谁吗,卡莱尔小姐?"

埃莉诺连忙说:"塞登先生——布卢姆斯伯里广场。但他晚上这个时候不会在办公室,我也不知道他的家庭住址。"

洛德医生安慰道:"明天有的是时间。我希望能尽快让韦尔曼夫人安心。如果你现在和我一起过去,卡莱尔小姐,我想我们一起能更好地安抚她。"

"当然。我马上就上去见她。"

罗迪忐忑地问:"不用我去吗?"

他隐隐感到羞愧,但他非常害怕到楼上病房去看劳拉婶婶那说不出话、无助地躺在那里的样子。

洛德医生及时向他保证。"不需要,韦尔曼先生。房间里的人最好不要太多。"

罗迪的如释重负表现得很明显。

洛德医生和埃莉诺上楼去了。奥布莱恩护士在看护病人。

劳拉·韦尔曼躺在那里,不省人事,呼吸沉重而短促。埃莉诺站在床边俯身看她,被那憔悴又扭曲的脸吓了一跳。

突然,韦尔曼夫人的右眼皮颤抖着,睁开了眼。当她认出埃莉诺，脸上的表情起了一点点变化。她挣扎着想说话。

"埃莉诺……"发音在不明就里的人听来也许是毫无意义的，只有在场的人能猜到她的意思。

埃莉诺赶紧说："我在这里，劳拉姑姑。你在担心什么？你要我去请塞登先生来吗？"

又是几声沙哑不清的声音。埃莉诺猜到她的意思，她说："玛丽·杰拉德？"

病人的右手慢慢地颤动了一下，表示同意。

一声含糊不清的长音从病人的嘴唇间发出。

洛德医生和埃莉诺无助地皱起了眉头。那声音又重复了好几次。埃莉诺终于抓住了一个字眼。

"照顾？你想在你的遗嘱里做出安排？你想留给她一些钱？我明白了，亲爱的劳拉姑姑。这非常简单。明天塞登先生就会来，一切都会完全按照你的意愿做出安排。"

病人似乎松了一口气。痛苦的神情从黯淡的眼中褪去。埃莉诺握住她的手，感觉到她的手指在微弱地握着她的手。

韦尔曼夫人费了很大的劲说："你——全部——你……"

埃莉诺说："好的，好的，一切都交给我。我会安排好你想要的一切！"

她再次感到对方的手指握了一下，然后松开。病人的眼皮垂下，闭上了眼。

洛德医生把手搭在埃莉诺的胳膊上，轻轻地把她带离了房间。奥布莱恩护士回来在床边的椅子上坐下。

玛丽·杰拉德和霍普金斯护士在外面的楼梯口说话。她走上前来。

"哦，洛德医生，我能进去看她吗？求你了！"

他点点头。"不过要保持安静,而且不要打扰她。"

玛丽走进了病房。

洛德医生说:"你们的火车晚点了。你——"他停了下来。

埃莉诺转头看着玛丽。突然,她意识到他突如其来的沉默。她转过头,困惑地看着他。发现他一直盯着她,一脸错愕的样子。埃莉诺的脸红了。

她连忙说:"请原谅。你刚才说什么?"

彼得·洛德缓缓地说:"我刚才说什么?我不记得了。卡莱尔小姐,你在里面的表现真了不起!"他热情地说,"反应快,镇定,一切都得心应手。"

霍普金斯护士发出一声非常微弱的抽鼻子声。

埃莉诺说:"可怜的姑姑。我真难过看见她那个样子。"

"当然了。但是你都没有表现出来。你一定有很强的自控力。"

埃莉诺抿着嘴说:"我学着不要——显露自己的感情。"

医生慢慢地说:"尽管如此,面具偶尔也会脱落。"

霍普金斯护士匆忙走进了浴室。埃莉诺扬起她精致的眉毛,瞪着他:"面具?"

洛德医生说:"人的脸,或多或少,都是面具。"

"那么面具底下呢?"

"底下是原始的男人或女人。"

她快速转过身去,率先下了楼。彼得·洛德在后面跟着,脸上是困惑和少有的严肃。

罗迪来到大厅和他们会合。"怎么样?"他焦急地问。

埃莉诺说:"可怜的姑姑。看到她的样子真令人伤心欲绝。我会留在这里,罗迪。直到……直到……她要见你。"

罗迪问道:"她想要什么吗?有没有什么特殊的要求?"

彼得·洛德对埃莉诺说:"我得走了。暂时没有什么我可以做的。明天早上我会来看她。再见,卡莱尔小姐。不要……不要太担心。"

他握着她的手好一会儿。他身上有种令人安心和宽慰的奇怪力量。他看着她,埃莉诺觉得有些古怪,好像……好像他为她感到难过。

当大门在医生身后关上,罗迪又问了一遍刚才的问题。

埃莉诺说:"劳拉姑姑担心——担心某些事务的安排。我设法安抚了她,告诉她塞登先生明天一定会来。我们首先应该打电话给他。"

罗迪问:"难道她想立一份新的遗嘱吗?"

埃莉诺回答:"她没有这么说。"

"那她——"

他说了一半停下来了。

玛丽·杰拉德正跑下楼。她穿过大厅,跑进厨房的门不见了。

埃莉诺用刺耳的声音说:"什么?你想问什么?"

罗迪含糊地说:"我——什么?我忘了想问什么了。"

他一直盯着玛丽·杰拉德刚才走进去的那扇门。

埃莉诺的手紧握着。她能感觉到她的长而尖的指甲嵌进自己手掌的肉里。她想,我不能忍受了。这不是幻觉,这是真的。罗迪,罗迪,我不能失去你。

她想,那个人,那个医生,他在我的脸上看到了什么?他看到了什么……噢,上帝,我此刻的感受,人生是多么糟糕。说些什么,傻瓜。振作起来!

她大声地用平静的声音说:"至于晚饭,罗迪,我不太饿。我去陪陪劳拉姑姑,让护士都可以下来吃饭。"

罗迪紧张地说:"她们和我一起吃饭?"

埃莉诺冷冷地说:"她们不会咬你!"

"但是你怎么办？你必须吃点东西。为什么我们不先用餐，然后让她们下来吃？"

埃莉诺说："不，还是那样更好。"她又补充说，"她们都很敏感，你知道的。"

她想，我不能和他面对面坐着吃饭。单独相处，谈天说地，表现如常。

她不耐烦地说："拜托，就让我按自己的意愿来吧！"

第四章

1

第二天早上,叫醒埃莉诺的不是女仆,而是毕索普太太亲自过来,她穿着老式的黑裙窸窸窣窣地走进来,抹着眼泪说:

"噢,埃莉诺小姐,她走了。"

"什么?"

埃莉诺从床上坐起来。

"你亲爱的姑姑,韦尔曼夫人,我亲爱的女主人,在睡梦中离开了人世。"

"劳拉姑姑?死了?"

埃莉诺瞪大了眼睛,无法接受这个变故。

毕索普太太现在哭得更大声了。"想想看,"她抽泣着说,"这么多年了!我在这里十八年了。但是从来没有想过有这么一天。"

埃莉诺缓缓地说:"这么说劳拉姑姑是在睡梦中离世的,非常安宁。这是主的恩典!"

毕索普太太抽泣着。

"太突然了。医生还说他今天早上会再来,一切就像往常一样。"

埃莉诺有点尖刻地说:"这并不算太突然。毕竟,她病了一段时间了。我只是很庆幸她终于解脱了,没有受更多的苦。"

毕索普太太含着泪说,这确实是值得感恩的。她又问:"谁去告诉罗德里克先生呢?"

埃莉诺说:"我会的。"

她披上晨衣,走到他的房门前,敲了敲门。他的声音回答说:"进来。"

她进入房间。"劳拉姑姑死了,罗迪。她在睡梦中去世了。"

罗迪坐在床上,深深地叹了一口气。"可怜的亲爱的劳拉婶婶!感谢上帝。我真受不了看着她像昨天那样奄奄一息地躺着。"

埃莉诺机械地说:"我不知道你见过她。"

他不好意思地点点头。"事实上,埃莉诺,我觉得自己真是个懦夫,我不敢去看她!昨天晚上我鼓起勇气去了那儿。那个胖护士正好离开了房间去拿东西。我想是拿热水袋,我溜了进去。当然,她不知道我在那里。我只是站了一会儿,看着她。后来,我听到甘普太太上楼的脚步声,我就溜走了。但那场景太可怕了!"

埃莉诺点了点头。"是的。"

罗迪说:"她一定恨透了这样的状况,每一分钟都像在地狱!"

"我知道。"

罗迪说:"了不起的是,你和我看待一件事情的意见总是相同。"

埃莉诺用低沉的声音说:"是的,是这样。"

他说:"我们俩此刻对这件事的看法一致:庆幸她终于从这一切痛苦中解脱了。"

2

奥布莱恩护士说:"怎么啦,护士?什么东西不见了吗?"

霍普金斯护士红着脸,在自己昨天晚上放在门厅的小药箱里翻来翻去找东西。

她哼了一声:"真讨厌。我怎么会做这样的事情,真无法想象!"

"怎么啦?"

霍普金斯护士回答得不是很清楚:"是伊丽莎·瑞金——恶性肿瘤,你知道的。她每天得打两次针,早晚各一次吗啡。昨天晚上我来这里前,顺路去给她打了一针,用完了旧玻璃管里的最后一点药剂,我可以发誓,我还带了一管新的。"

"再找找看。这些管子都是那么小。"

霍普金斯护士又彻底翻了一遍药箱。

"没有,不在这里!我可能把它忘在我的柜子里了!说真的,我不信我的记性有这么差。我可以发誓,我真的把它带出来了!"

"你来的路上有没有把箱子放在什么地方?"

"当然没有!"霍普金斯护士锐声说。

"噢,好了,亲爱的,"奥布莱恩护士说,"一定没事的!"

"噢,是的!我唯一放过药箱的地方只有这个门厅,而这幢房子里没有人会偷东西!我想是我记错了。但是这事还是让我烦心。而且,我还得穿过整个村子回家一趟,然后再回来。"

奥布莱恩护士说:"希望你今天不会太累,亲爱的,你昨晚已经守了一夜了。可怜的老太太。我早就想过她不会坚持太久。"

"是的,我也这么想。不过我敢说医生一定会感到惊讶!"

奥布莱恩护士有点不以为然地说:"他总是对自己的病人充满希望。"

霍普金斯护士正准备离开,她说:"噢,他太年轻!没我们有经验。"

她阴沉着脸说完这句评判就走了。

3

洛德医生踮着脚站了起来。他的茶色眉毛在额头高高挑起,几乎被头发遮住了。

他惊讶地说:"她死了?"

"是的,医生。"

奥布莱恩护士很想脱口而出具体的细节,但严格的训练让她闭嘴等待着。

彼得·洛德若有所思地说:"死了吗?"

他站在那儿思考了一会儿,然后突然说:"给我一些开水。"

奥布莱恩护士感到惊讶和迷惑,但她所受的训练让她不去质疑理由。就算医生告诉她去拿鳄鱼的皮,她也会低眉顺眼地答应:"好的,医生",然后乖乖地出门去解决这个问题。

4

罗德里克·韦尔曼说:"你的意思是说,婶婶没有立遗嘱就去世了,她根本没有立过遗嘱?"

塞登先生擦了擦他的眼镜,说:"似乎是这样的。"

罗迪说:"这也太不寻常了!"

塞登先生自嘲地清了清嗓子。"也不算太不寻常。这种事情比你想象的要更常见。算是一种迷信吧。人们总觉得自己有的是时间,立遗嘱这一举动似乎把死亡拉近了。这种想法没什么道理,但人们就是这么想!"

罗迪说:"你有没有……呃……跟她谈过这个问题?"

塞登先生冷冷地回答:"经常。"

"那她怎么说？"

塞登先生叹了口气。"都是老一套。有的是时间！她还不打算死！她还没有打定主意到底怎么处置她的钱！"

埃莉诺说："但是，她第一次中风后，难道……"

塞登先生摇了摇头。"哦，没有，反而变本加厉了。她提都不想提到这个问题！"

罗迪说："这难道不奇怪吗？"

塞登先生又说："哦，不。很正常，她的病使她更加神经质了。"

埃莉诺疑惑不解地说："可是她一心求死。"

塞登先生擦了擦眼镜，说："啊，我亲爱的埃莉诺小姐，人心是一个很奇怪的东西。韦尔曼夫人也许想过一死了之，但是内心深处多多少少抱着希望自己能够完全康复。正因为抱着这样的希望，我认为她觉得订立遗嘱是不吉利的。并不是说她不想立遗嘱，只是想尽量拖延。"

塞登先生突然朝向罗迪，几乎像是专门对他说一样："有人就是拖延或回避那些讨厌的事情、那些不想面对的事情，你懂的吧？"

罗迪脸红了。他喃喃地说："是的，我……我，是的，当然，我懂你的意思。"

"没错，"塞登先生说，"韦尔曼夫人一直打算立遗嘱，但总觉得明天比今天更合适，就这样明日复明日！她不停地告诉自己，时间还有的是。"

埃莉诺慢慢地说："怪不得她昨天晚上如此心烦意乱，而且急着要请你过来。"

塞登先生回答说："毫无疑问！"

罗迪有点不知所措地问："那么现在到底是什么情况？"

"韦尔曼夫人的遗产吗？"律师清了清嗓子，"既然韦尔曼夫人没有立遗嘱就去世了，那么她所有的财产由她的近亲继承——也就是埃莉诺·卡莱尔小姐。"

埃莉诺慢慢地说："一切都归我？"

"国家还要征收一定的比例。"塞登先生解释说。

他又说明了具体的细节。

他归纳道："没有不动产或信托基金。韦尔曼夫人的钱是由她自己自由支配。因此，这些钱直接转给卡莱尔小姐。呃——遗产税，恐怕会不少，但即使扣除遗产税，仍然是一大笔钱，最好能够投资一些可靠的优质债券。"

埃莉诺说："但是，罗德里克——"

塞登先生带着些许歉意，咳了一下说："韦尔曼先生只是韦尔曼夫人的丈夫的侄子。没有任何血缘关系。"

"没错。"罗迪说。

埃莉诺慢慢地说："当然，我们俩之中由谁继承这笔钱并不重要，因为我们要结婚了。"

但她没有看罗迪。

接话的是塞登先生，他说："没错！"

他说得相当快。

5

"这并不要紧，不是吗？"埃莉诺说。她几乎是在哀求。

塞登先生离开了。

罗迪的脸紧张地抽搐了一下。他说："你应该得到这笔遗产。是你应得的。看在上帝的分上，埃莉诺，不要觉得我会因此心怀怨恨。我不想要这该死的钱！"

埃莉诺的声音在微微颤抖:"我们说好的,罗迪,在伦敦的时候,我们不管是谁得到这笔钱都没关系,因为……因为我们要结婚了。"

他没有回答。

她坚持说:"难道你忘了说过的话,罗迪?"

他说:"没有忘。"

他低头看着自己的脚。他的脸色苍白,敏感的嘴唇紧抿着,显得郁郁寡欢。

埃莉诺突然奋不顾身地抬起头说:"这并不重要——如果我们结婚了……但是我们会结婚吗,罗迪?"

他说:"我们会什么?"

"我们会结婚吗?"

"我们不是说好的吗。"他的语气很冷淡,甚至有点生气。他接着说:"当然,埃莉诺,除非你现在有了别的想法——"

埃莉诺喊了出来:"哦,罗迪,你能不能说实话?"

他畏缩了,然后,他用低沉而茫然的声音说:"我不知道自己是怎么了。"

埃莉诺的声音令人窒息,她说:"我知道。"

他急切地说:"也许是因为我不喜欢靠妻子的钱过日子。"

埃莉诺的脸色变得苍白,她说:"不是这个。是因为别的。"她停顿了一下,然后说,"是因为——玛丽,是不是?"

罗迪不高兴地嘀咕道:"我想是的。你怎么知道的?"

埃莉诺的嘴角挤出一个扭曲的笑容:"这一点都不难。每次你看她的样子,谁都看得出来。"

他的情绪突然失控了。"哦,埃莉诺,我不知道是怎么回事!我想我要疯了!都是在我看到她那一天——在树林里……只是看到她的脸,它让一切都天翻地覆。你无法理解的。"

埃莉诺说:"不,我可以。继续说。"

罗迪无奈地说:"我不想爱上她。我和你在一起很幸福。哦,埃莉诺,我是个多么卑鄙的男人,居然这样对你说话!"

埃莉诺说:"胡说。继续说。告诉我。"

他断断续续地说:"你是多么完美。跟你说话大有裨益。我多么喜欢你,埃莉诺!你必须相信这一点。另一件事就像一个劫数!一切都颠倒了:我的人生观,我喜欢的东西,还有所有体面的、有序的、合理的东西。"

埃莉诺轻轻地说:"爱,是没有道理的。"

罗迪痛苦地说:"是的。"

埃莉诺的声音在微微颤抖:"你跟她说什么了吗?"

罗迪说:"今天早上,我像个傻瓜一样,失去了理智……"

埃莉诺说:"怎么?"

罗迪说:"当然,她立刻拒绝了我!她吓坏了。因为劳拉婶婶和你……"

埃莉诺把钻石戒指从手指上取下。她说:"你最好把它收回去,罗迪。"

他接过戒指,不敢看她,只是喃喃地说:"埃莉诺,你不知道我有多么难过。"

埃莉诺平静地说:"你觉得她会嫁给你吗?"

他摇了摇头。"我不知道。不会……不会太久吧。我觉得她现在还不喜欢我,但她将来会喜欢上我的。"

埃莉诺说:"我想你是对的。你必须给她时间。暂时先不要和她见面,然后,重新开始。"

"亲爱的埃莉诺!你是最好的朋友。"

他突然拉起她的手吻了一下。"你知道的,埃莉诺,我真的爱你,丝毫不亚于以往任何时候！有时候，我觉得玛丽就像一个梦。我随时可能会从梦中醒来，发现她并不存在。"

埃莉诺说："要是玛丽不存在……"

罗迪突然动情地说："有时候我真希望她不存在……你和我，埃莉诺，属于彼此。我们属于彼此，不是吗？"

她慢慢地低下头。

她说："哦，是的，我们属于彼此。"

她想：要是玛丽不存在……

第五章

1

霍普金斯护士感慨地说:"这真是个体面的葬礼!"

奥布莱恩护士回应说:"是的,千真万确。想想那些花!你见过这样美丽的花吗?白百合编的竖琴,黄玫瑰编的十字架。真美!"

霍普金斯护士叹了口气,给自己的茶点抹上黄油。两位护士正坐在蓝山雀咖啡厅。

霍普金斯护士接着说:"卡莱尔小姐是一位慷慨的姑娘。她送了我一份很好的礼物,她大可不必这么做。"

"她是一个善良、大方的姑娘,"奥布莱恩护士热烈地赞同,"我讨厌吝啬的人。"

霍普金斯护士说:"可不,她可是继承了一大笔财富呢。"

奥布莱恩护士说:"我很好奇——"她停住了。

霍普金斯护士说:"什么?"鼓励对方说下去。

"老太太没立遗嘱够奇怪的。"

"这是不对的,"霍普金斯护士厉声说,"应该规定人人都要立遗嘱!否则最后只会闹出不愉快。"

"我很好奇,"奥布莱恩护士说,"如果她立了遗嘱,她会怎么处置她的钱?"

霍普金斯护士肯定地说:"我知道一件事。"

"是什么?"

"她会给玛丽留一笔钱——玛丽·杰拉德。"

"确实如此,这是真的,"奥布莱恩护士表示同意,她还兴奋地补充道,"那天晚上,我是不是告诉过你,老太太撑不了多久了?可怜的老太太,医生竭尽全力让她平静下来。埃莉诺小姐也握着她姑姑的手,向万能的上帝发誓,她会请律师来,一切都会按她的心意做好安排。"奥布莱恩护士说到激动处,她的爱尔兰口音都跑调了,"'玛丽!玛丽!'可怜的老太太一直念着。'你是指玛丽·杰拉德吗?'埃莉诺小姐说,然后她发誓会保证让玛丽得到应有的利益!"

霍普金斯护士有些不相信:"真的是这样?"

奥布莱恩护士十分肯定地回答:"千真万确,我告诉你,霍普金斯护士,依我看来,韦尔曼夫人如果活着立下遗嘱,很可能会让所有人大吃一惊!说不定她会把所有钱都留给玛丽·杰拉德呢!"

霍普金斯护士不大相信地说:"我不认为她会这么做。钱总是要留给自己的骨肉至亲。"

奥布莱恩护士神神秘秘地说:"是骨肉,亲骨肉。"

霍普金斯护士马上反应过来:"你这是什么意思?"

奥布莱恩护士庄重地说:"我可不是一个爱说闲话的人!而且我也不想抹黑死者的名誉。"

霍普金斯护士慢慢地点了点头,说:"这是对的,我同意。祸从口出。"

她给茶壶加满水。

奥布莱恩护士说:"顺便说一句,那天你回家后找到那管吗啡了吗?"

霍普金斯护士皱起了眉头。她说："没有。我也不知道怎么回事，这可难倒我了，想来想去我觉得可能是这样的——我可能把它放在壁炉的边沿上，我给柜子上锁的时候经常这样做，然后它可能被不小心碰倒掉进了废纸篓，那天废纸篓满满的都是垃圾，我出门的时候就把垃圾都倒到外面的垃圾箱里去了。"她顿了一顿，"一定是这样，因为我想不出还有别的什么可能性。"

"我明白了，"奥布莱恩护士说，"哦，亲爱的，一定是这么回事。因为你的药箱没有放过其他地方——只有亨特伯里的门厅。依我看，也只有你刚才说的这种可能性。它被丢进了垃圾箱。"

"是的，"霍普金斯护士急切地说，"不可能是别的情况，不是吗？"

她拿起一个粉红色的糖霜蛋糕，说："这并不是说——"话未说完便停了下来。

她的同伴很快表示赞同，或许表示得有点快。

"如果我是你，就不再为这事担心。"她安慰道。

霍普金斯护士说："我不担心。"

2

埃莉诺穿着黑色连衣裙，显得年轻而端庄，她坐在韦尔曼夫人书房的那张大写字台前，一大堆文件铺在她面前。她已经与仆人和毕索普太太都谈过了，现在轮到玛丽·杰拉德了。玛丽进入房间，在门口的时候犹豫了一分钟。

"你要见我，埃莉诺小姐？"她说。

埃莉诺抬起头来。"哦，是的，玛丽。来这儿坐下，好吗？"

玛丽坐到埃莉诺指示的椅子上。椅子略微朝向窗口，阳光透过窗户落在她的脸上,在白皙的肌肤和金色的头发上折射出耀眼的光芒。

埃莉诺伸出一只手遮在自己的眼前,挡住刺眼的光线。在指缝之间,她可以看到对面女孩的脸。

她想,有没有办法痛恨一个人而不表露出来?

她以愉快的、公事公办的声音大声说:"我想你知道,玛丽,我姑姑非常喜欢你,而且一直关心你的未来。"

玛丽用她温柔的声音轻声说:"韦尔曼夫人一直对我非常好。"

埃莉诺继续说,她的声音冷漠不带感情:"我的姑姑,如果有时间立下遗嘱,我知道她会把遗产做好分配。但是她没有立遗嘱就去世了,所以为她完成遗愿就是我的责任了。我已经咨询了塞登先生,并听从他的建议,根据仆人在此服务的年限,向他们每人馈赠一笔金钱,"她停顿了一下,"当然,你不在此列。"

她有点希望,也许,这些话会刺痛对方,但她盯着的那张脸上没有任何的变化。玛丽照单全收这些话的字面意思,等着她继续说下去。

埃莉诺说:"虽然最后那天晚上,姑姑说话已经非常困难,但她还是尽力表达了她的意思,她肯定要为你的未来做一些关照。"

玛丽平静地说:"她真是太好了。"

埃莉诺粗声说道:"等遗产继承的手续办好,我就安排两千镑给你。这笔钱完全归你自由支配。"

玛丽的脸因激动变得绯红。"两千镑?哦,埃莉诺小姐,你真好!我都不知道该说些什么了。"

埃莉诺尖刻地说:"我没什么特别的好,请不用多说什么。"

玛丽满脸通红。"你不知道这对我来说有多大的意义。"她喃喃地说。

埃莉诺说:"我很高兴。"

她犹豫了一下,不再看玛丽,把目光移向房间另一头。她有些勉强地说:"我想知道,你有什么打算吗?"

玛丽连忙说:"哦,是的。我想去接受一些职业训练。也许是按摩。这是霍普金斯护士建议的。"

埃莉诺说:"听起来是个很不错的主意。我会与塞登先生商量,尽快先安排一些钱给你——如果可能的话,马上。"

"你真是太好,太好了,埃莉诺小姐。"玛丽感激地说。

埃莉诺简短地说:"这是劳拉姑姑的心愿。"她犹豫了一下,然后说,"嗯,我想,就这样吧。"

这一次,打发人的语气刺痛了玛丽敏感的心灵。她站起身来,平静地说:"非常感谢你,埃莉诺小姐。"然后离开了房间。

埃莉诺坐着一动不动,注视着前方。她神情冷漠,丝毫推测不出她心里在想什么。她久久地坐在那里,一动不动。

3

埃莉诺最后要找的是罗迪。她发现他在晨间起居室。他站在那里,盯着窗外。看到埃莉诺进来,他立刻转身。

她说:"我已经都处理好了!五百镑给毕索普太太——她在这里这么多年了。一百镑给厨师,米莉和奥莉薇每人五十镑。其他人每人五镑。给园丁头儿斯蒂芬斯二十五镑。当然,还有门房的老杰拉德,我还没想好要给他多少。这事有点尴尬。我想,是不是应该给他一份养老金?"

她停顿了一下,接着有些匆忙地说:"我准备给玛丽·杰拉德两千镑。你说这是不是符合劳拉姑姑的意思?我觉得这个数目比较恰当。"

罗迪没有看她,只是说:"是的,非常恰当。你总是有出色的判断力,埃莉诺。"

他转头看着窗外。

埃莉诺屏住了呼吸,过了一分钟才又开口,她有些着急,说出的话有些语无伦次:

"还有别的事情。我想,必须这么办才对。我的意思是,你应得的那份,罗迪。"

他转过身,一脸怒色,她急忙说:

"不,听着,罗迪。这只是出于公道!那是你叔叔的钱,他留给了他的妻子,自然他认为最后会传给你。劳拉姑姑也是这个意思。我知道她是这么想的,她表示过很多次这个意思。如果我得到了她的钱,那么你应该得到你叔叔的钱——只有这么做才是对的。我——我无法忍受这种抢了你的钱的感觉,只是因为劳拉姑姑没来得及立遗嘱。你必须……你必须明白这个道理!"

罗德里克颀长而敏感的脸变得惨白。他说:"我的上帝,埃莉诺,你想让我觉得自己是个彻头彻尾的浑蛋吗?你真的认为我会……我会要你的钱吗?"

"我不是给你钱。这只是公道。"

罗迪喊道:"我不想要你的钱!"

"这不是我的!"

"根据法律就是你的,这是最重要的!看在上帝的分上,让我们公事公办,不要扯些别的!我不会拿你一分钱。不要在我面前扮演女慈善家!"

埃莉诺喊道:"罗迪!"

他迅速做了一个手势。"哦,亲爱的,我很抱歉。我不知道我在说什么。我昏了头,在胡说八道。"

埃莉诺轻轻地说:"可怜的罗迪。"

他再次转过身去,手中拨弄着窗帘的流苏。他的声调变了,有点生疏地说:"你知道——玛丽·杰拉德有什么打算吗?"

"她说想去受训当按摩师。"

他说:"我明白了。"

一阵沉默。埃莉诺挺直了身子,她把头向后一甩。她说话的声音突然变得十分强硬:

"罗迪,我要你仔细听我的!"

他转向她,微微有些惊讶。"当然,埃莉诺。"

"我希望你,如果你愿意,听从我的建议。"

"你有什么建议?"

埃莉诺平静地说:"你工作上没有忙得脱不开身吧?你随时可以请个假,是不是?"

"哦,是的。"

"那么就请假吧。出国去。比方说,三个月。一个人去,结识新朋友,看看新风景。我们开诚布公地说吧。现在你觉得自己爱上了玛丽·杰拉德,也许你确实爱上了她,但现在不是接近她的时机,你自己非常清楚这一点。我们的婚约是肯定解除了。你出国去,作为自由之身,三个月后,作为一个自由人,再做决定。那时候你就会知道自己是真的爱玛丽,还是只是暂时的迷恋。如果你确定自己是爱她的,好吧,那么,你就回来找她,告诉她你对此坚定不移,也许那时她就能听得进去你的话。"

罗迪走向她。他抓起她的手。

"埃莉诺,你太棒了!头脑如此清醒!这样客观公正,不夹杂儿女私情!没有丝毫的妒忌或嫉恨。我对你的敬佩无以言表。我会完全听从你的建议。离开这里，摆脱一切，去弄清楚我到底是真的爱到无法自拔，还是只不过一次犯傻。哦，埃莉诺，亲爱的，你不知道我是多么倾慕你。我真的发现你比我好上千倍。祝福你，亲爱的，谢谢你的成全。"

他冲动地快速上前，吻了她，然后走了出去。

他没有回头看到她的脸，或许这是件好事。

4

几天后，玛丽告诉霍普金斯护士，她的前景有了很大的改善。

这个务实的女人表示热烈祝贺。"你算是走大运了，玛丽，"她说，"老太太可能想要照顾你，但除非这事白纸黑字写下来，你还是不能掉以轻心！你可能一不小心就什么都没有。"

"埃莉诺小姐说，韦尔曼夫人去世那晚，曾叫她要为我做点事。"

霍普金斯护士哼了一声。"也许她说过。但很多人都是过后就忘。亲戚就是这样。我跟你说，我就见过这样的人！有人临终的时候，说他们知道自己亲爱的儿子或女儿会完成他们的遗愿。然而十之八九，这些亲爱的儿子和女儿总是能找到一些很好的理由不去做这样的事。人性就是人性，没有人喜欢把自己的钱分出去，除非有法律强制他们那么做！我告诉你，玛丽，我的姑娘，你很幸运。卡莱尔小姐比大多数人都正直。"

玛丽慢慢地说："可是，不知怎么，我觉得她不喜欢我。"

"我得说，那是完全有道理的，"霍普金斯护士直言不讳地说，"得了，不要一脸无辜了，玛丽！罗德里克先生含情脉脉地盯着你有一段时间了。"

玛丽脸红了。

霍普金斯护士接着说："在我看来，他陷得挺深的。突然就爱上了你。你怎么想，我的姑娘？你对他有感觉吗？"

玛丽吞吞吐吐地说："我……我不知道。我觉得没有。不过，当然，他是个很不错的人。"

"嗯，"霍普金斯护士说，"他不是我喜欢的类型！这样的男人大都挑剔且神经质。对食物和其他东西吹毛求疵。男人不是总那么好相处。不要太着急，玛丽，我亲爱的。凭你的美貌，有资格挑挑拣拣。奥布莱恩护士有一天跟我讲，你应该去拍电影。我听说他们喜欢金发美女。"

玛丽微微地皱起眉头说："护士，你觉得我应该怎么对待父亲？他认为我应该把这笔钱分一些给他。"

"千万不要，"霍普金斯护士愤怒地说，"韦尔曼夫人绝不想把这笔钱给他。依我看，要不是你，他老早就丢了这份工作了。懒惰的人永远不长进！"

玛丽说："有意思的是，她有那么多钱，却从来没有立一份遗嘱来清楚地分配。"

霍普金斯护士摇摇头。"人就是这样。你都无法想象。总是一拖再拖。"

玛丽说："在我看来简直是愚蠢。"

霍普金斯护士眨眨眼睛，说："你自己立遗嘱了吗，玛丽？"

玛丽看看她。"哦，没有。"

"可是你已经二十一岁了。"

"但是，我，我没有东西可留下的，不过我想我现在有了。"

霍普金斯护士严肃地说："你当然有，而且还是很可观的一笔呢。"

玛丽说："哦，是的，不过不着急。"

"你看看你，"霍普金斯护士嗔怪道，"就跟其他人一样。别以为你是个健康的小姑娘,就不会在过马路的时候被游览车或公共汽车撞倒了。"

玛丽笑了起来。她说:"我甚至都不知道怎么立遗嘱。"

"很容易。你可以到邮局要一份表格。我们现在就去吧。"

在霍普金斯护士的小屋里,遗嘱的表格摊了开来,她们讨论着重要的条款。霍普金斯护士乐在其中。一份遗嘱,在她看来,是仅次于死亡的好东西。

玛丽说:"要是我没有立遗嘱,谁会得到这笔钱?"

霍普金斯护士不大有把握地说:"我想大概是你父亲。"

玛丽尖刻地说:"他不应该得到它。我宁愿把钱留给我在新西兰的姨妈。"

"不管怎么样,把钱留给你的父亲也没什么用处。我觉得他在这个世上也活不久了。"

玛丽已经听多了霍普金斯护士这样的说法了,所以没觉得意外。

"我不记得姨妈的地址了。我们已经很多年没有她的消息了。"

"我觉得这不要紧,"霍普金斯护士说,"你知道她的教名吗?"

"玛丽。玛丽·莱利。"

"这就行了。写下你把一切都留给玛丽·莱利,梅登斯福德亨特伯里庄园已故伊丽莎·杰拉德的妹妹。"

玛丽俯身在表格上认真地填写。当她写完时,突然打了个寒战。一个黑影挡在了她和太阳之间。她抬头看到埃莉诺·卡莱尔站在窗外往里望。

埃莉诺说:"你们在忙什么呢?"

霍普金斯护士笑着说:"她在立遗嘱。"

"立遗嘱?"埃莉诺突然笑了,笑得很古怪,简直有点歇斯底里。

她说:"这么说你在立遗嘱,玛丽。有趣,真是有趣。"

她笑个不停，转过身去，沿着街道快步走去。

霍普金斯护士瞪大了眼睛。

"你看到没有？她是怎么啦？"

5

埃莉诺还在笑，她没走几步，一只手从后面抓住了她的手臂。她猛地停下脚步，转过身来。

洛德医生直直地盯着她，眉头紧蹙。他不客气地问："你在笑什么？"

埃莉诺说："我，我不知道。"

彼得·洛德说："这算什么答案！"

埃莉诺脸红了。她说："我想我一定是神经紧张或什么的。我刚才朝地区护士的小屋里看了一眼，玛丽·杰拉德正在写她的遗嘱。这让我发笑，但我不知道为什么！"

洛德唐突地说："你真的不知道吗？"

埃莉诺说："我在冒傻气，我说过了，有点儿神经紧张。"

彼得·洛德说："我给你开点奎宁水。"

埃莉诺尖刻地说："有什么用！"

他讨好地冲她一笑。"没什么用，我同意。但是当别人不想告诉你他们的烦恼时，这是唯一的办法了！"

埃莉诺说："我没有什么烦恼。"

彼得·洛德冷静地说："你有相当多的烦恼。"

埃莉诺："我想是压力太大了吧。"

他说："我知道你有很多压力。不过，我要问的不是这事。"他顿了顿。"你，你会在这儿待上一段时间吗？"

"我明天就走了。"

"你不打算住在这儿?"

埃莉诺摇摇头。"不,从来没想过。我想……我想,如果能卖个好价钱,我打算卖了这个地方。"

洛德医生干脆地说:"我明白了。"

埃莉诺说:"我必须回家了。"

她坚定地伸出手。彼得·洛德抓住她的手握着。他郑重其事地说:"卡莱尔小姐,请你告诉我,刚才你笑的时候,心里在想什么?"

她迅速挣脱了他的手。"我心里应该想什么?"

"这正是我想知道的。"

他的脸色很严肃,有点不高兴。

埃莉诺不耐烦地说:"我只是觉得好笑,就这么回事!"

"玛丽·杰拉德立遗嘱好笑吗?为什么呢?立遗嘱是一个非常明智的选择。省了不少麻烦。当然,有时候,也能制造麻烦!"

埃莉诺不耐烦地说:"当然了,每个人都应该立遗嘱。我不是那个意思。"

洛德医生说:"韦尔曼夫人应该立份遗嘱。"

埃莉诺深有感触地说:"是的,确实如此。"

她的脸上一片绯红。

洛德医生出人意料地说:"那你呢?"

"我?"

"是的,你刚才说每个人都应该立遗嘱!你有没有?"

埃莉诺盯着他看了一会儿,然后她笑了起来。"多么奇怪!"她说,"不,我没有。我没有想过这一点!我就像劳拉姑姑一样。你知道吗,洛德医生,我回家要马上写信给塞登先生办这事。"

彼得·洛德说:"非常明智。"

6

在书房里,埃莉诺刚刚写完了一封信:

尊敬的塞登先生,

你能帮我起草一份遗嘱吗?非常简单的遗嘱。我想把一切留给罗德里克·韦尔曼。

此致,

埃莉诺·卡莱尔

她看了一下时钟。邮差应该几分钟后就到。

她打开写字台的抽屉,然后想起自己那天早上已经用完了最后一张邮票。

她十分肯定卧室里还有一些邮票。

她上楼去。当她拿着邮票再进入书房时,看到罗迪站在窗边。

他说:"那么,我们明天就离开这里了。亲爱的老亨特伯里。我们在这里度过了美好的时光。"

埃莉诺说:"你不介意卖掉它吧?"

"哦,不,不!我很明白这是最好的安排。"

一阵沉默之后,埃莉诺拿起她的信,扫了一眼,看是不是都写对了。然后,她把信装入信封封好,贴上邮票。

第六章

7月14日，奥布莱恩护士寄给霍普金斯护士的信：

拉布洛庄园

亲爱的霍普金斯，

早就想给你写信了。这是一所漂亮的房子，风景也不错，相信颇负盛名。但我觉得还是比不上 H 庄园舒适，我想你明白我的意思。在这种乡下地方，很难请到女佣，他们找的女孩子都是些粗鄙的丫头，有些还很不听话。虽然我从来不是什么挑剔的人，但是饭菜端上来至少应该是热的吧，烧水的东西也没有，泡茶都没有热水！不过，也不能奢求凡事都尽善尽美。病人是一位安静的好绅士——双侧肺炎，不过已经过了危险期。

我要告诉你的这件事真是太巧合了，你肯定会感兴趣。在这个房子客厅的三角钢琴上，有一张大大的镶着银色边框的照片，你能相信吗，那张照片就是我跟你提到过的那张——就是老威尔曼夫人要我拿给她的、上面还有刘易斯签名的那张照片。嗯，我当然很感兴趣，谁不会呢？我问管家照片里的人是谁，他马上说这是瑞特利夫人的哥哥——刘易斯·克罗夫特爵士。他过去就住在离这里不远的地方，但在战争中丧生了。真令人伤心，不是吗？我装作不经意地问他是否结婚了，管家说是的，但是克罗夫特夫人在婚后不久就进了疯人院，真可怜。他说她还活着。你瞧，是不是很有趣？原来我们都想错了。他和韦尔曼夫人一定深爱对方，但却无法结婚，因为他的妻子在疯人院。就像电影里演的一样，不是吗？这么多年她一直思念着他，直到去世还在看着他的照片。管家说他是1917年阵亡的。真是太浪漫了，我是这么觉得的。

这儿附近连个看电影的地方都没有！噢，埋没在乡下地方真是太可怕了。难怪他们找不到像样的女佣！好了，该说再见了，亲爱的，写信告诉我所有的新闻。

你诚挚的
艾琳·奥布莱恩

7月14日，霍普金斯护士寄给奥布莱恩护士的信：

玫瑰小屋

亲爱的奥布莱恩，

我这儿一切如常。H庄园变得冷冷清清——所有的仆人都被遣散了，房子挂牌出售。我前几天碰到毕索普太太了，她现在住在离这儿大约一英里外的姐姐家。你可以想象得到，她很不开心这个地方被卖掉。看来她一直以为卡莱尔小姐会嫁给韦尔曼先生然后定居在这里。毕索普太太说他们的婚约取消了！你离开这里后不久，卡莱尔小姐去了伦敦。有那么一两次，她的举止很古怪。我真的不知道她是怎么了！玛丽·杰拉德也去了伦敦，开始接受当按摩师的培训，我觉得她这么做很明智。卡莱尔小姐要给她两千镑，我觉得她真是大方，一般人不会这么做。

另外，有些事真是无巧不成书。你还记得你曾告诉我，韦尔曼夫人给你看过一张有刘易斯签名的照片吧？我有一天和斯莱特里太太聊天（她是洛德医生的前一任老兰塞姆医生的管家），因为她在这里住了一辈子，认识这儿附近的许多贵族家庭。我只是假装随意地聊起人们的教名，并且说刘易斯这个名字很少见，她就提起福布斯庄园的刘易斯·克罗夫特爵士。他大战时在第十七枪骑兵部队服役，在战争快结束的时候阵亡了。于是我就说，他和H庄园的韦尔曼太太是好朋友，不是吗？她马上看了我一眼，说，是的，他们曾是非常亲密的朋友，有人说他们的关系不只是朋友那么简单，但她自己从来没传这些闲话，凭什么他们不能当朋友？于是我说，韦尔曼夫人那时候已经守寡了吧？她说，哦，是的，她是一个寡妇。所以，亲爱的，我听出她话里有话，所以我就说，那就怪了，他们为什么不结婚呢。她马上说："他们不能结婚。他有个妻子住在疯人院！"所以，你瞧，我们终于把这件事情搞清楚了！

想想还真令人感叹，是不是？如今离婚是那么方便的事情，可那时候却不能和一个疯子离婚，多么不合情理。

你还记得那个帅小伙子，泰德·比格兰德吗？总是跟在玛丽·杰拉德身后转的那个。他一直求着我给他玛丽在伦敦的地址，但我没有告诉他。在我看来，泰德远远配不上玛丽。我不知道你有没有发现，亲爱的，罗德里克·韦尔曼先生迷上了她。可惜，这会带来不少麻烦。信不信由你，他和卡莱尔小姐取消婚约肯定因为这件事。而且，如果你问我，我会说这事对她打击很大。我不知道她看上他什么了，他可不是我喜欢的类型,但我从可靠的渠道打听到,她一直疯狂地爱着他。真是一团乱麻,不是吗?而且她还得到了所有的钱。我相信他一直以为他的婶婶会留给他一大笔钱的。

　　门房的老杰拉德的身体一日不如一日——已经晕倒过几次了。不过他还是和过去一样粗鲁。有一天他居然说,玛丽不是他的女儿。"嗯,"我说,"你这样诋毁自己的妻子,如果我是你,一定感到惭愧。"他只是看着我,说:"你不过是个傻瓜。你不明白。"

　　真有礼貌,不是吗?我气不过,也尖刻地回了他几句。我相信他的妻子结婚之前是韦尔曼夫人的侍女。

挚友
杰西·霍普金斯

霍普金斯护士寄给奥布莱恩护士的明信片:

　　想不到我们的信正好交错了!
　　天气真糟糕,不是吗?

奥布莱恩护士寄给霍普金斯护士的明信片:

　　今天早晨收到你的信。真是太巧了!

7月15日,罗德里克·韦尔曼寄给埃莉诺·卡莱尔的信:

　　亲爱的埃莉诺,
　　刚收到你的来信。不,说真的,对于出售H庄园我没有什么想法。很高兴你来征求我的意见。我认为你做得很明智,如果你不喜欢住在那里(显然你不喜欢),就没必要留着。不过,你要卖掉它可能会碰到些困难。这所庄园对现今的生活需求来说确实太大了,当然,它经过了现代化的改造,跟得上潮流,有完善的仆人宿舍,接通了煤气和电灯,等等。无论如何,我希望你一切顺利!

  这里的天气很热。我每天都要花几个小时泡在海里。这儿也有一群有趣的人,但我不怎么跟他们来往。你曾经说过我不是一个善于交际的人。恐怕这是真的。我发现大多数的人都非常令人厌恶。他们可能也是这么看我的。

  我一直觉得你是唯一真正令人满意的人类的代表。我正在考虑过一两个星期到达姆内森海岸转转。22日以后,如果有事找我,就写信寄到托马斯库克,杜布罗夫尼克。

致以钦佩和感激之情

罗迪

7月20日,塞登、布莱斯维克和塞登事务所的塞登先生寄给埃莉诺·卡莱尔小姐的信:

布卢姆斯伯里广场104号

亲爱的卡莱尔小姐,

  我认为你应该接受萨默维尔少校提出的一万两千五百英镑(£12500)买下H庄园的出价。这么庞大的产业现如今要出手颇为不易,这样的价格已经相当不错了。不过,这个出价可能是出于一时冲动,我知道萨默维尔少校还在看附近的其他地产,所以我建议你立即接受。

我了解到萨默维尔少校想花三个月重新装修，到那时，应该可以办妥法律上的手续，交易就完成了。

至于门房杰拉德和他的遣散问题，我听洛德医生说老人病重，命不久矣。

遗嘱认证还没有完成，但我已经预先支付了一百英镑给玛丽·杰拉德小姐。

此致

埃德蒙·塞登

7月24日，洛德医生寄给埃莉诺·卡莱尔小姐的信：

亲爱的卡莱尔小姐，

老杰拉德今天去世了。有什么我能为你做的？我听说你已经把房子卖给了我们的新任议员萨默维尔少校。

此致

彼得·洛德

7月25日，埃莉诺·卡莱尔寄给玛丽·杰拉德的信：

亲爱的玛丽，

我很遗憾听到你父亲去世的消息。

我打算把H庄园卖给萨默维尔少校。他急着要尽快搬进去。我要去那里清理我姑姑的文件和其他东西。你能否尽快回去一趟，把你父亲的东西搬出门房？祝愿你一切顺利，希望按摩培训没有让你太辛苦。

你真诚的

埃莉诺·卡莱尔

7月25日,玛丽·杰拉德寄给霍普金斯护士的信:

亲爱的护士霍普金斯,

非常感谢你写信告诉我父亲的事。我很高兴他最后走得安详,没有受苦。埃莉诺小姐写信给我说庄园卖掉了,她希望尽快腾空门房。如果我明天回去参加葬礼,能否让我住在你那里?要是没问题就不用回信了。

你深情的
玛丽·杰拉德

第七章

1

七月二十七日,那是一个星期四。上午,埃莉诺·卡莱尔从国王纹章饭店走出来,在门口站了一两分钟,向梅登斯福德的主街两头张望着。突然,她惊喜地喊了一声,穿过马路。

不会错的,那庞大而端庄的身材,安详的步态,犹如一艘扬帆远航的大帆船。

"毕索普太太!"

"咦,埃莉诺小姐!真是个意外的惊喜!我一点都不知道你在这里!如果我知道你要来 H 庄园,我就会去那里了!现在谁服侍你呢?你有没有从伦敦带女仆一起过来?"

埃莉诺摇摇头。"我不住在庄园。我住在国王纹章饭店。"

毕索普太太看看马路对面,半信半疑地抽了抽鼻子。

"听说那里还可以,"她不情愿地说,"干净,他们说饭菜也可口,但你住在那里一定不习惯,埃莉诺小姐。"

埃莉诺笑着说:"我住得挺舒服的,只是住一两晚。我来清理房子里的东西。我姑姑所有的私人物品,还有几件我想搬到伦敦的家具。"

"那么,房子真的卖了?"

"是的。卖给了萨默维尔少校。我们的新国会议员。乔治·克尔先生去世了,你知道的,所以举行了补选。"

"以绝对优势当选,"毕索普太太自豪地说,"梅登斯福德从来都是保守党的天下。"

埃莉诺说:"我很高兴是真正想住在里面的人买下房子。要是H庄园变成了旅馆或推倒重建,我会很难过的。"

毕索普太太闭上眼睛,丰满富态的身躯颤抖了一下。

"是的,的确,那将太可怕了,太可怕了。想到亨特伯里庄园要落入陌生人手中已经够糟糕了。"

埃莉诺说:"是的,但是,你瞧,那房子对我来说太大了——尤其是一个人住。"

毕索普太太吸了吸鼻子。

埃莉诺赶快说:"我正打算问你,H庄园里有没有什么特别的家具你想要的?如果有的话,我会很高兴送给你。"

毕索普太太满脸微笑。她优雅地说:"埃莉诺小姐,你真体贴,真好心。如果这么做不失礼的话——"

她停了一下,埃莉诺说:"噢,当然不会。"

"我一直都非常喜欢客厅里的那张写字台。真是一件漂亮的家具。"

埃莉诺想起来了,那是一张造型浮夸、镶嵌繁复的桌子。她连忙说:"当然可以送给你,毕索普太太。还要别的吗?"

"真的没有了,埃莉诺小姐。你已经太慷慨了。"

埃莉诺说:"还有几把椅子是和写字台同一风格的。这些你也一起要了吧?"

毕索普太太感激地接受了椅子的提议。她解释说:"我现在和我姐姐住在一起。庄园的事情有什么需要我帮忙的吗,埃莉诺小姐?"

如果你愿意,我可以陪你一起过去。"

"不用麻烦了,谢谢。"

埃莉诺迅速地回答,颇有些突兀。

毕索普太太说:"我向你保证,一点都不麻烦,我很乐意帮忙。要整理亲爱的韦尔曼夫人的东西是多么令人伤感的事情。"

埃莉诺说:"谢谢你,毕索普太太,不过我宁愿一个人处理。有些事还是单独来做更好。"

毕索普太太生硬地说:"当然你说了算。"

她接着说:"杰拉德的那个女儿已经来了。葬礼是昨天举行的。她住在霍普金斯护士那里。我听说她们今天上午去门房了。"

埃莉诺点了点头。她说:"是的,我让玛丽来收拾门房。萨默维尔少校希望尽快搬进去。"

"我懂了。"

埃莉诺说:"好吧,我现在必须要走了。很高兴遇见你,毕索普太太。我会记得写字台和椅子的事。"

她和毕索普太太握手道别然后就走了。

她先去了一家面包店,买了一个面包,然后去一家乳品店买了半磅黄油和一些牛奶。最后,她走进了杂货店。

"我想买一些三明治的夹心。"

"好的,卡莱尔小姐。"艾伯特先生推开了伙计,自己上前招呼,"你要什么?鲑鱼虾肉?火鸡牛舌?鲑鱼沙丁鱼?火腿牛舌?"

他把一罐罐馅料的样品一字排开摆在柜台上。

埃莉诺带着微微的笑意说:"虽然这些馅料名称这么多,我一直觉得它们的味道差不多。"

艾伯特立刻表示赞同。"嗯,也许它们确实有些相似。是的,在某种程度上。但是,当然,它们非常美味——非常美味。"

埃莉诺说:"我以前挺害怕吃鱼糜的。不是曾经出过鱼糜导致的尸碱中毒的事件吗?"

艾伯特露出一副惊恐的表情。"我可以向你保证,我这些鱼糜是大品牌,最可靠的,我们从来没有接到过顾客投诉。"

埃莉诺说:"我要一份鲑鱼鳀鱼和一份鲑鱼虾肉。谢谢。"

2

埃莉诺·卡莱尔从后门进入了 H 庄园的院子。

那是一个炎热而晴朗的夏日。甜豌豆花盛开,埃莉诺从一排豌豆丛旁走过。园丁霍利克还留在庄园看房子,他恭恭敬敬地来迎接她。

"早上好,小姐。我收到你的信了。我已经把侧门打开了,小姐。我还开了百叶窗,打开了大部分的窗户。"

埃莉诺说:"谢谢你,霍利克。"

她往前走,年轻人紧张地跟着,他的喉结痉挛性地上下动着:"对不起,小姐——"

埃莉诺回头。"怎么了?"

"房子是真的卖掉了吗?我的意思是,一切都已经成定局了吗?"

"噢,是的!"

霍利克紧张地说:"我想知道,小姐,你能不能帮我说几句好话——我是说,对萨默维尔少校。他也会需要园丁。也许他会认为我当园丁的头儿太年轻了,但我已经在斯蒂芬斯先生手下干了四年了,我想我现在懂得不少了,而且自从我一个人留在这儿,我把这儿打理得很好。"

埃莉诺很快说:"当然,我会尽我所能帮你,霍利克。事实上,我本来就打算向萨默维尔少校推荐你,告诉他你是一个好园丁。"

霍利克的脸红了。"谢谢你,小姐。谢谢你的好意。韦尔曼夫人去世了,这个地方这么快就被卖掉了,你能理解这对我们来说是一个不小的打击吧。因为,事实上,今年秋天我要结婚了,我只是想确保——"

他停了下来。

埃莉诺和蔼地说:"我希望萨默维尔少校会接受你。你放心,我会尽力帮你的。"

霍利克说:"谢谢你,小姐。你知道吗,我们都希望这个庄园会一直由你的家族掌管。谢谢你,小姐。"

埃莉诺继续往前走。

突然,一波愤怒的情绪向她袭来,犹如决堤的洪水。

"我们都希望这个庄园会一直由你的家族掌管……"

她本来可以和罗迪一起住在这里!她和罗迪……罗迪本来也是这么希望的。她自己也一样。他们俩都那么喜欢 H 庄园。亲爱的 H 庄园……她父母还在世时,每当他们去印度的时候,她都会来这里度假。她在树林间漫步,在溪流边游荡,采一大捧甜豌豆花,吃甜蜜多汁的绿色醋栗和红色树莓。后来,还有苹果。有几个地方是她的秘密基地,她可以蜷在那里看书,一看就是几个小时。

她曾经深爱着 H 庄园。一直以来,在她的内心深处,她觉得自己总有一天肯定会永远生活在那里。劳拉姑姑鼓励了这个想法。她经常说:"有一天,埃莉诺,你也许会想砍掉这些红豆杉。它们是有点阴沉!""也许有人会在这里弄个水上花园。也许,有一天,你会那么做。"

至于罗迪?罗迪,他也一直期待 H 庄园成为他的家。这种想法,或许是和对埃莉诺的感情联系在一起的。他在潜意识里也觉得,他们俩应该一起生活在 H 庄园，这是最恰如其分的。

他们本该一起生活在那里。他们本该一起生活在这里——现在，不是收拾房子等待出售，而是重新装修，为房子和花园添加美丽的摆设，手挽手漫步在柔情中，幸福地生活在一起。可是这一切都毁于一个女孩野玫瑰般的美丽。

罗迪到底了解玛丽·杰拉德什么呢？什么都没有，一无所知！他喜欢她什么，真正的玛丽吗？

她，也许拥有令人钦佩的美德，但罗迪了解吗？这只不过是个老掉牙的故事，一个滥俗的笑话！

罗迪自己不是也承认，他是"着魔"了吗？

罗迪自己难道不是真的想摆脱她吗？

如果玛丽·杰拉德——比如说，死了。罗迪会不会有一天肯承认："这是最好的结果。现在我看清楚了，我们之间没有任何共同之处。"

也许他会增添一些甜蜜的愁绪："她是多么美丽可爱啊。"

她对他的意义就只该如此。是的，一个绯红的回忆，美丽而幸福的回忆。

如果玛丽·杰拉德出了什么事，罗迪会回到埃莉诺身边的。她坚信这一点！

如果玛丽·杰拉德出了什么事……

埃莉诺转动侧门的门把手。她离开了温暖的阳光，走进黑暗的屋子里。她打了个冷战。

屋里寒冷、黑暗、阴险。好像有什么东西在那里，等待着她……

她穿过大厅，打开了通往厨房的门。

里面有股霉味。她推开窗户，让它大开着通风。

她放下买来的东西——黄油、面包、牛奶。心想：我真笨！应该买咖啡。

她把架子上的罐子逐一找了一遍。有一个罐子里还有些茶叶,但没有咖啡。

她想,算了,没关系。

她拆开两罐鱼糜的包装。

她站在那儿盯着鱼糜看了一会儿。然后她离开了厨房上楼去了。她直接去了韦尔曼夫人的房间。她从大衣柜开始整理,打开抽屉,把衣服一一分类、折叠。

3

在门房小屋里,玛丽·杰拉德沮丧地看着自己周围。不知怎么,她没想到屋子里是这样混乱。

往事淹没了她。母亲给她做娃娃的衣服。父亲总是骂骂咧咧。不喜欢她。是的,不喜欢她……

突然,她对霍普金斯护士说:

"爸爸什么也没说吗……临终前有没有什么话留给我?"

"老天,没有!"霍普金斯护士快活地说,"他去世前一个多小时就陷入昏迷了。"

"我觉得,也许我那时应该回来照顾他,"玛丽慢慢地说,"毕竟,他是我的父亲。"

霍普金斯护士有些尴尬地说:

"听我说,玛丽,他是不是你的父亲并不要紧。据我所见,如今的孩子不怎么在乎父母,父母也不怎么关心孩子。无论如何,生活还要继续……这就是我们的使命……有时候活着并不容易!"

"我认为你说得没错,"玛丽慢慢地说,"但有时我觉得我们父女关系不好都是我的错。"

"胡说!"霍普金斯护士坚定地说。

这个词像个炸弹爆开,使得女孩有些不安。

霍普金斯护士把话题转到更加务实的事情上。

"你打算怎么处理家具?卖掉,还是留着?"

"我不知道。你觉得呢?"玛丽迟疑地说。

霍普金斯把家具打量了一遍,说:

"其中有些还相当不错而且结实。你将来在伦敦有了自己的小公寓时可以用得上。"

她们列了一张清单,决定哪些留着、哪些丢掉。

玛丽说:

"那位律师人很亲切——我是指塞登先生。他预支了一些钱给我,让我可以支付学费和其他东西。他说,所有的钱转给我要一个月左右。"

霍普金斯护士说:"你喜欢你的工作吗?"

"我想,我非常喜欢它。一开始相当辛苦,我每天回家都觉得累死了。"

霍普金斯护士深有同感地说:"我在圣路加医院实习时,也觉得自己要死了。我以为自己不可能坚持三年,但我挺过来了。"

她们整理好了老人的衣服。现在她们开始清理一个装满了纸张的铁盒。

玛丽说:"我想我们要仔细看一下这些东西。"

她们在一张桌子的两边坐下。

霍普金斯护士一边看着手头的纸一边抱怨。

"人们怎么这么爱收集垃圾!剪报!还有旧信。各种各样的东西!"

玛丽展开一个文件说："这是爸爸和妈妈的结婚证书。1919年，在圣奥尔本斯。"

霍普金斯护士说："婚书，以前是这么叫的。村子里很多人还在用这个词呢。"

玛丽哑声说："可是，护士——"

"怎么了？"

玛丽·杰拉德用颤抖的声音说："你难道不明白吗？现在是一九三九年。而我二十一岁。一九一九年我已经一岁多了。这意味着……这意味着……我的父亲和母亲直到……直到那以后才结婚的。"

霍普金斯护士皱起了眉头。她粗声说："好了，管他是什么呢？这个时候了，不要去烦恼这个！"

"但是，护士，我无法不放在心上。"

霍普金斯护士权威地说："有很多夫妻都没有及时去教堂结婚。但是，只要他们最终这样做了，又有什么问题？这就是我的观点！"

玛丽低声说："你觉得这会不会就是，我父亲从来没有喜欢过我的原因吗？因为，也许，是我母亲使计让他娶她的？"

霍普金斯护士犹豫了。她咬了咬嘴唇，然后说："我觉得不是这么回事。"她停了一下。"哦，好吧，如果你真的担心这个，还是告诉你真相好了。你其实根本不是老杰拉德的亲生女儿。"

玛丽说："这样就说得通了！"

霍普金斯护士说："也许吧。"

玛丽的脸瞬时变得通红，她说："我想我这么做可能不应该，但我真的很高兴！我一直觉得心里不安，因为我一点都不喜欢我父亲，但如果他不是我的父亲，那就没问题了！可是你是怎么知道的呢？"

霍普金斯护士说:"关于这件事杰拉德死前说了很多。我已经很严厉地让他闭嘴了,但他不听。当然,要不是冒出结婚证书这东西,我是不会告诉你这件事的。"

玛丽慢慢地说:"不知道谁是我真正的父亲。"

霍普金斯护士犹豫了。她张张嘴,又闭上了。她似乎是很难下定决心。

这时,一个阴影投进房间里,两个女人看看四周,看到埃莉诺·卡莱尔站在窗前。

埃莉诺说:"早上好。"

霍普金斯护士说:"早上好,卡莱尔小姐。天气很好,是不是?"

玛丽说:"哦,早上好,埃莉诺小姐。"

埃莉诺说:"我做了一些三明治。你们要不要来吃一点?现在已经一点钟了,特地回家吃午饭太麻烦了。我做的分量够三个人吃的。"

霍普金斯护士惊喜地说:"噢,卡莱尔小姐,我必须说,你想得真周到。要放下手头的事,大老远从村子里跑回来还真是麻烦事。我本来希望我们今天上午就能收拾完。我还先去转了一圈看望我的病人。但是,现在看来要比预想的花更多时间。"

玛丽感激地说:"谢谢你,埃莉诺小姐,你真好。"

她们三人沿着行车道向大房子走去。埃莉诺已经预先打开了前门。她们走进凉爽的门厅。玛丽微微颤抖了一下。埃莉诺目光炯炯地盯着她。

她问:"怎么啦?"

玛丽说:"哦,没什么,只是打了个冷战。从太阳底下到阴凉的地方不太适应。"

埃莉诺低声说:"奇怪。今天早上我也这么觉得。"

霍普金斯护士大笑着,高声欢快地说:"得了吧,接下来你们是不是要说这房子闹鬼呢。我可什么感觉都没有！"

埃莉诺笑了。她带头进入前门右侧的晨间起居室：百叶窗拉上去了，窗户也打开了。房间看起来十分明亮。

埃莉诺穿过门厅，从厨房端来一大盘三明治。她把盘子递给玛丽，说："来一个吗？"

玛丽拿了一个三明治。埃莉诺站在那里，看着女孩洁白的牙齿咬上三明治。她屏住了呼吸一分钟，然后缓缓地呼了一口气。她端着盘子心不在焉地站着，好一会儿才看到霍普金斯护士微微张开的嘴唇和饥饿的表情，她满脸通红，迅速把盘子递给护士。

埃莉诺自己也拿了一个三明治。她抱歉地说："本来想煮点咖啡，可是我忘了买。不过桌上有些啤酒，谁要喝吗？"

霍普金斯护士伤心地说："早知道我就带些茶叶来了。"

埃莉诺心不在焉地说："厨房的罐子里还有一点茶叶。"

霍普金斯护士的脸上露出了光彩。"那么我去拿水壶。我想，牛奶没有吧？"

埃莉诺说："不，我带了一些牛奶。"

"好吧，那就行了。"霍普金斯护士说着匆匆离开。

留下埃莉诺和玛丽单独在一起。一种古怪紧张的氛围在她们之间弥漫。埃莉诺试图打破僵局，努力找话说，但她的嘴唇发干。她舔了舔嘴唇，有些生硬地说："你——喜欢伦敦的工作吗？"

"是的。谢谢。我……我很感激你——"

埃莉诺的口中突然爆出奇怪的声音——一阵刺耳的笑声，一点都不像她。玛丽吃惊地看着她。

埃莉诺说："你不用那么感激我！"

玛丽有些尴尬，说："我不是这个意思，而是——"

她停了下来。

埃莉诺盯着她，目光灼灼，显得那么古怪，使得玛丽在这瞪视之下不自觉地感到畏缩。

她说："有，有什么问题吗？"

埃莉诺迅速站起来。她转过身，说："为什么这么问？"

玛丽喃喃地说："你……你看起来……"

埃莉诺轻轻笑了一下，说："我盯着你看了？很抱歉。我经常这样，当我在想别的事情出神的时候。"

霍普金斯护士站在门口看着里面，欢快地说："我已经把水壶烧上了。"说完又出去了。

埃莉诺突然笑出声来。"波利把水壶烧上，波利把水壶烧上，波利把水壶烧上，我们大家都来喝茶！你还记得吗，玛丽，我们小时候玩的这个游戏？"

"是的，我确实还记得。"

埃莉诺说："那时我们都还是孩子。可惜的是，玛丽，我们再也回不去了，是不是？"

玛丽说："你想回到过去吗？"

埃莉诺用力地说："是的，是的。"

她们之间沉默了一小会儿。

然后玛丽开口了，她面色通红："埃莉诺小姐，你千万不要认为——"

她停了下来，她被埃莉诺的神态震慑住了。埃莉诺苗条的身体、抬起的下巴，都突然变得僵硬。埃莉诺冷冷地说："我千万不要认为什么？"

玛丽喃喃地说："我……我忘了想说什么了。"

埃莉诺的身体放松下来，好像化险为夷了。

霍普金斯护士端着托盘进来。托盘上放着一个棕色的茶壶、牛奶和三个杯子。

她丝毫没有意识到现场尴尬的氛围，乐呵呵地说："茶来了！"

她把托盘放在埃莉诺面前。埃莉诺摇摇头。

"我不想喝茶。"

她又把托盘推到玛丽面前。玛丽倒了两杯。

霍普金斯护士心满意足地叹了口气。"茶很香浓。"

埃莉诺起身走到窗前。霍普金斯护士劝说道："你确定不想喝一杯吗，卡莱尔小姐？对身体有好处呢。"

埃莉诺低声说："不了，谢谢。"

霍普金斯护士喝完她那杯茶，把杯子放在小碟子上，喃喃地说："我得去把炉子关掉。我担心我们还要热水，所以又烧了一壶。"

她匆匆忙忙地出去了。

埃莉诺从窗口转过身。她呼唤道："玛丽——"声音里突然有种绝望的哀求。

玛丽·杰拉德马上回答："什么事？"

埃莉诺脸上的光慢慢褪去。她又闭上了双唇，绝望的哀求神色消失了，留下一张冷冰冰的面具。

她说："没什么。"

房间重新笼罩在令人压抑的沉默中。

玛丽想，今天一切都是多么奇怪啊。仿佛我们在等待着什么。

终于，埃莉诺动了。

她离开窗边，拿起茶盘，把空了的三明治盘子放在上面。

玛丽跳起来。"哦，埃莉诺小姐，让我来。"

埃莉诺严厉地说："不，你待在这里。我自己来。"

她端着盘子走出了房间，回头看了一眼站在窗边的玛丽·杰拉德，年轻、美丽、充满活力……

4

霍普金斯护士在厨房里。她正用手帕擦着脸。看见埃莉诺进来,她猛地抬起头。

她说:"老天,这里可真热!"

埃莉诺木然地回答:"是的,这个厨房朝南。"

霍普金斯护士接过她手里的托盘。

"我来洗吧,卡莱尔小姐。你看起来气色不好。"

埃莉诺说:"哦,我没事。"

她拿起一块洗碗布。"我来擦干。"

霍普金斯护士挽起袖口,把热水从水壶倒入盆内。

埃莉诺看着她的手腕,顺口问道:"你的手被什么刺了?"

霍普金斯护士笑了起来。"是门房边的玫瑰花棚——我被刺扎了。我等下就把刺挑出来。"

门房边的玫瑰花棚。回忆一波波向埃莉诺涌来。她和罗迪争吵,关于玫瑰战争。

她和罗迪争吵——然后和好。那些美好、欢乐、幸福的日子。一股恶心的感觉漫上心头。她怎么会陷入这样的境地,堕入仇恨与邪恶的黑色深渊?她站起来,身体有些不稳。

她想,"我疯了,完全疯了。"

霍普金斯护士好奇地盯着她。

"她看起来十分古怪,"霍普金斯事后形容道,"就好像她不知道自己在说什么,她的眼睛明亮而古怪。"

杯子和碟子在水盆里叮叮当当地响。埃莉诺从桌上拿起一个空的鱼糜罐子,放到水盆里。她一边洗东西一边说话,她惊叹于自己声音的镇定:"我整理了楼上的一些衣服,都是劳拉姑姑的。我想,护士,也许你能告诉我,村子里哪些人会需要。"

霍普金斯护士快活地说:"我确实知道。帕金森太太、老尼尔森,还有住在常春藤小屋的那个神志不清的可怜人。这些衣服对她们来说可谓天赐的宝贝了。"

她和埃莉诺清理了厨房,然后一起上楼。

在韦尔曼夫人的房间里,衣服已经整整齐齐地被分类叠好:衬衣、裙子、特殊场合穿的礼服、天鹅绒的茶会袍和一件麝鼠皮大衣。最后这件,埃莉诺解释说,她想送给毕索普太太。

霍普金斯护士点头赞同。她注意到,韦尔曼夫人的紫貂大衣还挂在衣柜里。她想,这件可以改一改留着自己穿吧。

她瞥了一眼高脚柜。不知道埃莉诺有没有发现那张签着刘易斯名字的照片,如果看到了,她会怎么做。

她心想,有意思的是,奥布莱恩的信正巧和我的信重到一起了。我从来没想过会发生这样的事。她提到那张照片正好是我写信告诉她斯莱特里太太的事的同一天。

她帮埃莉诺把衣服理好,并且主动提出她来负责把衣服按照要送的家庭分开打包,再由她代为送去。

她说:"我可以在等玛丽到门房收拾东西的时候把这些事情做好。她只剩一箱文件要整理了。对了,那姑娘到哪儿去了?难道她又去门房了吗?"

埃莉诺说:"我离开的时候她在晨间起居室。"

霍普金斯护士说:"她不会这么长的时间一直待在那里的。"她看了看手表。"哎呀,我们在这里都快一个小时了!"

她匆匆下楼去。埃莉诺跟着她。

她们走进晨间起居室。

霍普金斯护士惊呼道:"哦,没想到她睡着了。"

玛丽·杰拉德坐在靠窗的大扶手椅上，身体微微地滑下来一点。房间里响着奇怪的声音：有点像打鼾与呼吸不畅的声音。

霍普金斯护士走过去摇了摇女孩。"醒一醒，亲爱的——"

她突然停下，弯下腰，掀起女孩的一只眼皮察看。然后，她开始严肃认真地摇晃女孩的身体。

她转向埃莉诺，问："这是怎么回事？"说话的声音十分严厉。

埃莉诺说："我不明白你的意思。她生病了吗？"

霍普金斯护士说："电话在哪里？马上联系洛德医生。"

埃莉诺说："怎么回事？"

"怎么回事？这姑娘病了。她快死了。"

埃莉诺退了一步，说："快死了？"

霍普金斯护士说："她被下毒了。"

她盯着埃莉诺，眼中满是责难与质疑。

第二部分

第一章

赫尔克里·波洛的蛋形脑袋微微向一边歪着,眉毛挑起表示好奇,他十指交叉,看着年轻男子踱着大步在房间里走来走去。年轻人可爱的面孔此刻愁云密布。

波洛说:"好吧①,我的朋友,到底怎么啦?"

彼得·洛德停下了脚步。

他说:"波洛先生,你是世界上唯一能帮我的人。我从斯蒂灵福丽特那里知道你的。他告诉我你在本尼迪特·帕利的案子里的作为。人人都以为是自杀,你却证明了是谋杀。"

波洛说:"那么,是你的病人中有人自杀了,但你对这样的结论不满意吗?"

彼得·洛德摇了摇头。他在波洛对面坐下。

他说:"有一位年轻姑娘被逮捕了,她将因谋杀罪而受审!我希望你能找到证据,证明她没有这样做!"

波洛的眉毛挑得更高了。然后,他露出一副心领神会的表情。

他说:"你和这位小姐——你们订婚了,是吗?还是你们彼此相爱?"

彼得·洛德笑了,那是一种刺耳又苦涩的笑。

---

① 原文为法语。——译者注

他说:"不,不是这样的!她眼光不好,喜欢一个长鼻子、目空一切、长着一张苦哈哈马脸的浑蛋!蠢透了,不过事实就是如此!"

波洛说:"我明白了。"

洛德痛苦地说:"哦,是的,你能明白的!我也没必要遮遮掩掩了。我对她一见钟情。正因为如此,我不希望她被绞死。明白了吗?"

波洛说:"她被控什么罪名呢?"

"她被指控谋杀了一名叫作玛丽·杰拉德的女孩,用盐酸吗啡毒死了她。你也许已经在报纸上看过这个案子的报道。"

波洛说:"动机是什么?"

"嫉妒!"

"而在你看来,她并没有杀人?"

"是的,当然没有。"

波洛若有所思地看了他一会儿,然后说:"那么你究竟想要我做什么?调查这个案子吗?"

"我希望你能使她脱罪。"

"我不是辩护律师,亲爱的朋友[①]。"

"我说得更明白一点吧:我希望你找到证据,使她的律师能帮她脱罪。"

波洛说:"你的要求有点奇怪。"

彼得·洛德说:"你的意思是我说得太直接了吗?我的要求就这么简单。我希望这个姑娘无罪释放。我想你是唯一能办得到的人!"

---

①原文为法语。——译者注

"你希望我调查案件？找出真相？弄清楚究竟发生了什么吗？"

"我希望你能找到任何对她有利的证据。"

波洛仔细地点了一支非常纤细的香烟。他说："不过你的要求是不是有点不道德？是的，找出真相一直是我感兴趣的。但真相往往是一把双刃剑。要是我发现的真相不利于这位小姐呢？你会要求我隐瞒真相吗？"

彼得·洛德站了起来，脸色苍白。他说："这是不可能的！不管你发现了什么，都不可能比现在的证据对她更不利了！它们完完全全是毁灭性的！摆在世人面前的事实件件致命，不容辩驳！你不可能找到比现有这些证据更对她有害的了！我请求你运用你所有的聪明才智——斯蒂灵福丽特说你聪明绝顶——发现错漏，找到可能的活路。"

波洛说："这些她的律师不是会做吗？"

"他们？"年轻人嗤之以鼻，"他们没开始就认输了！认为这个案子没有希望！他们听取了皇家顾问布尔默的意见，那人根本不抱希望，这本身就是一种自暴自弃！打算发表一通感人的演讲，以情动人，强调罪犯年轻不懂事。诸如此类！但法官不会买账。根本没有希望！"

波洛说："假如她是有罪的，你仍然希望帮她脱罪吗？"

彼得·洛德平静地说："是的。"

波洛坐在椅子上动了动。他说："你让我很感兴趣。"

一两分钟后，他说："我想，你最好把这件案子的确切经过告诉我。"

"你在报纸上没有看过相关报道吗？"

波洛挥挥手。"看到过。但是，报纸上的东西向来不准确，我从来不把它们当依据。"

彼得·洛德说:"案情很简单,简单得要命。这个姑娘,埃莉诺·卡莱尔,刚刚继承了这附近的一所宅子——亨特伯里庄园,是从她姑姑那里继承的,老人没有立遗嘱就去世了。姑姑的名字是韦尔曼夫人。姑姑的丈夫有一个侄子,罗德里克·韦尔曼。他和埃莉诺·卡莱尔订了婚,他们是青梅竹马。H庄园还有一个女孩叫玛丽·杰拉德,是门房的女儿。老韦尔曼夫人对她关爱有加,为她支付各种教育费用等。因此,这个女孩外表上和真正的淑女无异。罗德里克·韦尔曼似乎爱上了她。结果,他和埃莉诺·卡莱尔的婚约取消了。

"现在,我们来说说发生的事。埃莉诺·卡莱尔出售了庄园,一个叫萨默维尔的人买下了它。于是埃莉诺去庄园清理她姑姑的个人物品等东西。玛丽·杰拉德的父亲刚刚去世,她也回去清理门房小屋。这就把我们带回了七月二十七日的上午。

"埃莉诺·卡莱尔住在当地的饭店。她在大街上遇见了以前的管家毕索普太太。毕索普太太提出到庄园给她帮忙,埃莉诺拒绝了——反应有点过激。然后,她去杂货店买了些鱼糜,还和商店里的人提到了食物中毒。你瞧,本来是很寻常的聊天,但是,出事后就成了对她不利的证据!她到了庄园,在一点左右去了门房,玛丽·杰拉德和来帮忙的社区护士霍普金斯护士——一个好管闲事的女人在一起忙着清理物品。埃莉诺告诉她们,她做好了一些三明治。她们就和她一起去了大房子,吃了三明治,大约一个小时后,我被紧急叫去,发现玛丽·杰拉德已经不省人事。我尽了全力,但是回天乏术。验尸报告显示死者在短时间内服下了大剂量的吗啡。而警方在埃莉诺·卡莱尔做三明治的地方发现一张写有盐酸吗啡的废弃标签。"

"玛丽·杰拉德还吃了或喝了别的东西吗?"

"她和社区护士吃三明治的时候还喝了茶。护士泡的茶,玛丽倒的。茶不可能有问题。当然，我知道律师一定会就三明治大做文章，三个人都吃了，无法确保只让其中一个人中毒。你应该还记得，在赫恩的案子里，他们就是这样辩护的。"

波洛点点头。他说："但其实这是很简单的。你做了一堆三明治，其中一个是有毒的。你端着盘子。依照我们通常的礼节，人们会拿托盘里离自己最近的那一个。我猜，埃莉诺·卡莱尔第一个把盘子递给玛丽·杰拉德吧？"

"没错。"

"而房间里的那位护士，年纪要比玛丽大吧？"

"是的。"

"这样看起来情况不乐观。"

"这并不能说明什么。只不过是一顿简便的午餐，谁会太在乎礼节。"

"谁做的三明治？"

"埃莉诺·卡莱尔。"

"房子里有没有其他人？"

"没有。"

波洛摇摇头。"这一点十分不利。那姑娘除了茶和三明治，没吃别的什么？"

"没有。胃里的残留物可以证明。"

波洛说："这说明埃莉诺·卡莱尔想把女孩的死伪装成食物中毒吗？她怎么解释三个人里只有一个人中毒的事实呢？"

彼得·洛德说："这种情况有时候确实会发生。再说，有两罐鱼糜，外观都差不多。会不会一罐是好的，而另一罐坏的恰巧都被玛丽吃了。"

"对概率法则的有趣研究，"波洛说，"我想这种情况发生的数学概率确实很高。但换个角度考虑，如果打算通过食物下毒，为什么不选择别的毒药？吗啡的症状并不是最像食物中毒的。显然阿托品会是更好的选择！"

彼得·洛德慢慢地说："是的，这是真的。但是，事情不是这么简单。那个该死的社区护士声称她丢了一管吗啡！"

"什么时候？"

"哦，几个星期前，老韦尔曼夫人去世那晚。护士说，她把药箱忘在门厅，早上发现一管吗啡不见了。我相信那是胡说。也许之前什么时候在家里摔破了，只是过了段时间她忘记了这事。"

"她是在玛丽·杰拉德死后才提起这事吗？"

彼得·洛德不情愿地说："事实上，她当时就和值班护士说过了。"

波洛饶有兴趣地看着彼得·洛德。

他轻轻地说："我想，亲爱的[①]，还有别的事情，你没有告诉我。"

彼得·洛德说："哦，好吧，我最好还是告诉你一切。他们已经申请要对老韦尔曼夫人开棺验尸。"

波洛说："是吗[②]？"

彼得·洛德说："如果他们这样做，可能会发现他们想找的东西——吗啡！"

"你怎么知道的？"

彼得·洛德的脸色一白，雀斑更明显了，他喃喃道："我猜的。"

波洛拍了拍椅子的扶手。他喊道："我的老天[③]，我真搞不懂你了！难道她死的时候你知道她是被谋杀的吗？"

[①]原文为法语。——译者注
[②]原文为法语。——译者注
[③]原文为法语。——译者注

彼得·洛德喊道:"天哪,不!我从来没有这样想过!我以为她是自己服的吗啡。"

波洛往椅子里一靠。"啊!你是这么想的。"

"我当然这么想!她曾经跟我提起过这事。不止一次地问我能不能'结果她'。她讨厌生病,痛恨因疾病而丧失尊严,无助地躺在那里像个婴儿一样被人照顾。她是一个性格非常刚强的女人。"

他沉默了片刻,然后接着说:"她的死让我很吃惊,出乎我的意料。我把护士支开,尽可能为她做了详细的检查。当然,不对尸体进行解剖不可能有确定的答案。那么,怎么处理这事好呢?如果她是自求解脱,为什么还要大肆张扬,闹得尽人皆知呢?还不如在死亡证明书上签字,让她入土为安。毕竟,我也不能百分百确定。我想我做错了。但我做梦也没想到要故意欺骗大家!我真的以为她是自杀的。"

波洛问:"你认为她是怎么弄到吗啡的?"

"我想不出来。但是,我可以告诉你,她是一个足智多谋的女人,有着极佳的头脑和卓越的意志。"

"她会不会从护士那儿弄到?"

彼得·洛德摇了摇头。"不可能!你不了解那些护士!"

"她的家人呢?"

"有可能。如果对他们动之以情的话。"

波洛说:"你说韦尔曼夫人没立遗嘱就去世了。如果她还活着,她会不会立遗嘱?"

彼得·洛德突然咧嘴一笑。"你是与魔鬼订了契约吗?竟能如此一针见血。是的,她正要订立遗嘱,而且很急迫。虽然已经说话困难了,但她还是明确地表达了这个意愿。埃莉诺·卡莱尔第二天一早就打电话给律师了。"

"所以埃莉诺·卡莱尔知道她的姑姑想立遗嘱？而如果她的姑姑没立遗嘱就死了，埃莉诺·卡莱尔将继承一切吗？"

彼得·洛德连忙说："她不知道。她不知道她的姑姑从来没有立过遗嘱。"

"我的朋友，那只是她自己说的。她有可能知道。"

"得了，波洛，难道你是控方律师吗？"

"目前，是的。我必须知道这件案子里所有对她不利的事实。那么埃莉诺·卡莱尔有没有办法从护士的药箱里拿到吗啡？"

"有。任何人都可以。罗德里克·韦尔曼、奥布莱恩护士、任何一个仆人。"

"包括洛德医生吗？"

彼得·洛德的眼睛瞪得大大的。他说："当然可以。但是我为什么要这么做？"

"也许是怜悯吧。"

彼得·洛德摇了摇头。"我什么都没做！你一定要相信我！"

波洛向后靠在椅子上。他说："让我们做一个假设。假设埃莉诺·卡莱尔确实从药箱里拿了吗啡，用在了她姑姑身上。关于丢失的吗啡有什么说法吗？"

"别人不知道吗啡丢失的事。两名护士没有告诉别人。"

波洛说："那么，你认为警方会如何处理？"

"你的意思是说，如果他们在韦尔曼夫人的尸体内发现了吗啡吗？"

"是的。"

彼得·洛德神情凝重地说："后果很有可能是——即使埃莉诺在当前的谋杀指控中被判无罪释放，她也会再次被捕，被控谋杀她的姑姑。"

波洛沉思道:"动机是不同的,也就是说,在韦尔曼夫人的案子里,动机是谋财,而在玛丽·杰拉德的案子里,动机是嫉妒。"

"是的。"

波洛说:"辩护律师打算如何辩护?"

彼得·洛德说:"布尔默建议从没有杀人动机展开辩护。他会强调埃莉诺和罗德里克订婚是从家族的利益考虑,为了让韦尔曼夫人开心,所以老太太一死埃莉诺就自己提出了解除婚约。罗德里克·韦尔曼会为此作证。我认为他自己八成也相信这一点!"

"他相信埃莉诺对他没有强烈的情感?"

"是的。"

"在这种情况下,"波洛说,"她就没有理由谋杀玛丽·杰拉德了。"

"没错。"

"但是,这样一来,谁杀了玛丽·杰拉德?"

"你说呢?"

波洛摇摇头。"这可难说①。"

彼得·洛德激动地说:"这就是问题所在!如果她不是凶手,那凶手是谁?如果是茶的问题,但霍普金斯护士和玛丽都喝了。辩护律师会试图提出,玛丽·杰拉德在另两人离开房间后,自己服下了吗啡——其实她是自杀。"

"她有什么自杀的理由吗?"

"没有。"

"她有自杀倾向吗?"

"没有。"

---

①原文为法语。——译者注

波洛说:"那她是什么样的人,这位玛丽·杰拉德?"

彼得·洛德想了想:"她是……嗯,她是个好孩子。是的,绝对是个好孩子。"

波洛叹了口气。他喃喃地说:"这位罗德里克·韦尔曼爱上她,就因为她是一个好孩子吗?"

彼得·洛德笑了。"哦,我明白你的意思。她很漂亮,这样行了吧。"

"那你自己呢?你有没有喜欢她?"

彼得·洛德瞪大了眼睛:"老天啊,绝对没有。"

波洛沉思了片刻,然后他说:

"罗德里克·韦尔曼说,他和埃莉诺·卡莱尔之间没有很强烈的感情。你同意吗?"

"该死的!我怎么会知道?"

波洛摇摇头。"你刚走进这个房间的时候就曾告诉我,埃莉诺·卡莱尔没有眼光地爱上了一个长鼻子、目空一切的浑球。我可以据此推测,你指的是罗德里克·韦尔曼。因此,根据你的说法,她的确爱他。"

彼得·洛德恼怒地低声说:"她爱他好了吧!疯狂地爱他!"

波洛说:"那么就有动机了。"

彼得·洛德猛得转过身,满脸怒容。"那又怎样?是的,也许就是她做的!就算是她做的我也不在乎。"

波洛说:"啊哈!"

"但我不想她被绞死,我告诉你!假如她是被绝望驱使呢?因为爱情破灭而走上绝路。爱情可以让懦夫变成勇士——把君子变成人渣!假如她真的那么做了。难道你一点都不同情她吗?"

波洛说:"我不赞同谋杀。"

彼得·洛德看看他，看看别处，又看看他，然后突然放声大笑起来。

"说得好听！多么冠冕堂皇！谁问你赞不赞同了？我又不是让你说谎！事实就是事实，不是吗？如果你发现一些对被告有利的证据，你不会因为她是有罪的就加以隐瞒，是吗？"

"当然不会。"

"那么该死的你为什么不愿接受我的请求？"

波洛说："我的朋友，我非常愿意这样做。"

第二章

彼得·洛德瞪着他,拿出一块手帕,擦了擦脸,全身一软瘫倒在椅子上。

"呼!"他吁了口气,"你弄得我心情七上八下!我一点也不明白你的想法!"

波洛说:"我在研究埃莉诺·卡莱尔的案子。现在我了解了。玛丽·杰拉德是吗啡中毒,并且,据我判断,它是放在三明治里的。除了埃莉诺·卡莱尔外,没人碰过那些三明治。埃莉诺·卡莱尔有动机杀害玛丽·杰拉德,而且,根据你的观点,她有能力杀死玛丽·杰拉德,并且她很有可能真的杀了玛丽·杰拉德。我看不出有什么其他的解释。

"这个,我的朋友[①],是一个方面。现在,我们把这些考量全部从头脑中排除,我们可以从另一个方面来思考这个问题:如果埃莉诺·卡莱尔没有杀害玛丽·杰拉德,那么是谁做的呢?还是说玛丽·杰拉德是自杀呢?"

彼得·洛德坐了起来。他皱起眉头,说:"你刚才说得不准确。"

"我?不准确?"波洛的声音听起来像受到了冒犯。

彼得·洛德坚持不懈:"是的。你说除了埃莉诺·卡莱尔外,

[①]原文为法语。——译者注

没人碰过三明治。你并不知道这一点。"

"房子里没有其他人。"

"只是据我们所知没有。但是你没有排除一小会儿时间,就是埃莉诺·卡莱尔离开大宅去了门房的那段时间。那时三明治就放在厨房的盘子里,有人可能对它们动了手脚。"

波洛深深地吸了一口气。他说:"你说得对,我的朋友。我承认这一点。确实有一段时间有人能够接触到装三明治的盘子。我们必须分析一下谁可能这么做,也就是说,什么样的人会这么做。"

他停顿了一下。

"我们先看看玛丽·杰拉德。有个人希望她死,这个人不是埃莉诺·卡莱尔。为什么?什么人能从她的死亡中获利?如果她死了,会有很多钱财留下吗?"

彼得·洛德摇了摇头。"现在没有。再过一个月,她将得到两千英镑。埃莉诺·卡莱尔答应给她这笔钱,因为她相信她的姑姑是这么希望的。但老太太的遗产手续还没有办好。"

波洛说:"那么我们就可以排除钱的因素。你说玛丽·杰拉德长得很美。美貌总是伴随着麻烦。她有追求者吗?"

"也许吧。我不太清楚。"

"谁知道?"

彼得·洛德笑了。"我最好介绍你认识霍普金斯护士。她是个大喇叭。梅登斯福德发生的大小事情没有她不知道的。"

"我想请你说说对两名护士的印象。"

"好的,奥布莱恩是爱尔兰人,是个好护士,能干,有点傻气,有时会撒点谎,但没什么恶意,就是为了把一个故事说得精彩而添油加醋、夸大其词。"

波洛点点头。

"霍普金斯是一个理智而精明的中年妇女,人很亲切、能干,就是太爱管闲事!"

"要是村里的年轻人有什么事,霍普金斯护士都会知道吧?"

"没错!"

他慢慢地说:"尽管如此,我觉得这个方向没什么可查的。玛丽已经很久没在家了。她过去两年都在德国。"

"她二十一岁吗?"

"是的。"

"她也许在德国会有一些复杂的关系。"

彼得·洛德的脸色一亮。他急切地说:"你的意思是说某个德国人可能和她有过节吗?他可能一路跟随她来到了这里,伺机等待,终于达到了自己的目的?"

"这听起来有点耸人听闻。"波洛迟疑地说。

"但是,这是有可能的,对吗?"

"对,但可能性不大。"

彼得·洛德说:"我不同意。有人可能疯狂地爱上了这个姑娘,而她拒绝了他,令他恼羞成怒。他也许觉得姑娘对不起他。这是一个思路。"

"是的,这是一个思路。"波洛说,但他的语气并不令人鼓舞。

彼得·洛德恳求道:"继续说,波洛。"

"我明白,你希望我是个魔术师,能从空帽子里变出一只只兔子来。"

"随你怎么说。"

"还有一种可能。"波洛说。

"快说。"

"六月的那天晚上,有人从霍普金斯护士的药箱里拿走了一管吗啡。要是玛丽·杰拉德看到了是谁做的呢?"

"她早就会说出来了。"

"不,不,亲爱的①。要讲道理。如果埃莉诺·卡莱尔,或者罗德里克·韦尔曼,或者奥布莱恩护士,甚至任何一个仆人,打开药箱拿走一个小玻璃瓶,刚好有人看到这一幕会怎么想呢?他一定简单地以为是护士让那人来拿东西的。玛丽·杰拉德可能就是这样的情况,她无意中看到了并不以为意,后来,她想起了这事,并可能随口和拿药的那个人提起此事,当然,她没有丝毫怀疑。但对于谋杀了韦尔曼夫人的那个人来说,你可以想象一下这句话的效果!玛丽看见了,必须不惜一切代价让玛丽保持沉默!我可以向你保证,我的朋友,一个人如果曾经杀过人,就很容易有第二次!"

彼得·洛德皱着眉头说:"我始终认为韦尔曼夫人是自己拿走了药。"

"但她瘫痪了,无能为力,她那时刚刚第二次中风。"

"哦,我知道。我的想法是,她找到什么机会拿到了吗啡,然后藏在一个伸手可及的地方。"

"但是,在这种情况下,她必须在第二次中风前就拿到吗啡,而护士是在那之后才丢的吗啡。"

"霍普金斯护士是那天早上才发现丢了吗啡。也许它是几天之前就丢的,只是她没有注意到而已。"

"那老太太是怎么拿到的呢?"

"我不知道。也许通过贿赂一个仆人吧。如果是这样的话,那个仆人永远也不会说的。"

"你不认为是哪个护士被收买了吗?"

---

① 原文为法语。——译者注

洛德摇了摇头。"不可能！首先，她们都是严格遵守职业道德的人，再说，她们也不敢做这样的事情。她们知道后果的严重性。"

波洛说："是这样。"

他若有所思地补充道："看来，我们又回到原点了。谁是最有可能拿走吗啡药瓶的人呢？埃莉诺·卡莱尔。我们可以说，她希望确保自己继承一大笔财产。我们也可以更宽容地说她是出于同情，经不起她姑姑再三的恳求，所以拿了吗啡。但是她拿药的时候被玛丽·杰拉德看见了。这样我们又回到了三明治和空房子，我们再次抓住了埃莉诺·卡莱尔，但这次动机不同。"

彼得·洛德喊道："这是信口开河。我告诉你，她不是那种人！金钱对她并没有什么真正的意义，对罗德里克·韦尔曼也一样，我不得不承认这一点。我亲耳听到他们俩这样说过！"

"你亲耳听到的？这就有意思了。对于这种说法我总是存疑的。"

彼得·洛德说："去你的，波洛，你难道一定要歪曲事实，把矛头对准那个姑娘吗？"

"不是我在歪曲事实，而是事实自己展现。就像游园会上玩的轮盘。不管怎么转圈，停下来的时候总是指向同一个名字——埃莉诺·卡莱尔。"

彼得·洛德说："不！"

波洛难过地摇摇头。然后他说："她有亲属吗，这位埃莉诺·卡莱尔？姐妹，表兄弟？父亲或母亲？"

"没有。她是个孤儿，在这世上孑然一身。"

"听起来多么可怜！我敢肯定，布尔默会就这一点大做文章！那么，如果她死了，谁将继承她的钱？"

"我不知道。我没想过这一点。"

波洛责备说："每个人都应该想到这些事。那么，她立遗嘱了吗？"

彼得·洛德脸红了。他不确定地说:"我——我不知道。"

波洛看了看天花板,两手指尖并拢。他说:"你知道的,最好都告诉我。"

"告诉你什么?"

"你心里究竟在想什么——不管那想法对埃莉诺·卡莱尔多么不利。"

"你怎么知道?"

"是的,是的,我知道。有些事——你心里藏着一些事!你最好还是告诉我,否则我会想象一些更糟糕的事!"

"没什么,真的……"

"可能没什么。但是,我还是想听听到底是什么。"

彼得·洛德吞吞吐吐、不情愿地讲出了那件事——埃莉诺靠在霍普金斯护士小屋的窗口那一幕,还有她的笑声。

波洛若有所思地说:"她那么说了,是吗?'这么说你要立遗嘱,玛丽?有趣,真有趣。'而你非常清楚她脑子里在想什么。她也许在想,玛丽·杰拉德活不久了。"

彼得·洛德说:"我只是想象。我不知道。"

波洛说:"不,你不只是想象。"

第三章

波洛坐在霍普金斯护士的小屋里。

洛德医生带他过去,把他介绍给护士。波洛向他使了一个眼色,他就心领神会地先行告辞了。

一开始,霍普金斯护士稍有些戒备地打量了这位外国人派头的访客,但很快就熟络了起来。

她有些沮丧地滔滔不绝说起来:"是的,这是件可怕的事情。是我这辈子遇到的最可怕的事。玛丽是我见过的最漂亮的姑娘。完全可以去拍电影了!她还是个稳重的好姑娘,虽然集万千宠爱于一身,但从不骄纵。"

波洛巧妙地插进一个问题:"你的意思是韦尔曼夫人非常宠爱她?"

"我就是这个意思。老太太非常喜欢她。真的,喜欢得不得了。"

波洛低声说:"是不是有点不同寻常?"

"那要看是怎么回事了。其实是很自然的,真的。我是说——"

霍普金斯护士咬着嘴唇,欲言又止。"我的意思是,玛丽人长得漂亮又懂事,说话做事都温柔得体,特别讨人喜欢。有这样一个年轻人承欢膝下,对老人家来说是福气。"

波洛说:"我想,卡莱尔小姐偶尔会来看望她的姑姑吧?"

霍普金斯护士厉声说:"卡莱尔小姐该来的时候才会来。"

波洛低声说:"你不喜欢卡莱尔小姐。"

霍普金斯护士喊道:"喜欢才怪!一个毒妇!冷血的毒妇!"

"嗯,"波洛说,"看来你已经拿定了主意。"

霍普金斯护士狐疑地说:"你是什么意思?什么拿定了主意?"

"你已经非常肯定是她用吗啡毒死了玛丽·杰拉德?"

"不然的话,还有谁会那么做呢?你该不会说是我做的吧?"

"绝对没有。不过别忘了,她的罪行还未得到证实呢。"

霍普金斯护士笃定地保证:"是她做的,不会有错。不说别的,光看她的脸就知道了。一整天都怪里怪气的。她还带我到楼上去,把我留在那里,为了尽可能拖延时间。后来当我发现玛丽中毒后,我回头看见她的脸了,竟然面无表情。她知道我知道是她干的!"

波洛若有所思地说:"的确很难找出别的嫌疑人。当然,除非是玛丽自己做的。"

"你是什么意思,自己做的?你的意思是玛丽是自杀?我从来没有听说过这么荒唐的话!"

波洛说:"谁也说不准。年轻姑娘的心是非常多愁善感的。"他顿了顿,"有没有这种可能,就是她趁你不注意的时候,偷偷加了点东西到她的茶里?"

"你是说,把毒药加到她的杯子里?"

"是的。你总不可能从头到尾一直盯着她。"

"我没有盯着她——没有。是的,我想她是能够这么做……但是,这是胡说八道!她为什么要做这种事?"

波洛摇了摇头,重复了先前的话。"年轻姑娘的心,就像我说的,非常多愁善感。也许,因为一段不快乐的恋情。"

霍普金斯护士对此嗤之以鼻。"姑娘们才不会为了爱情自杀。除非是因为家庭的原因,而且玛丽根本不是那么回事,我来告诉你好了!"她挑衅地瞪了他一眼。

"她没有谈恋爱?"

"没有。她无牵无挂。热爱自己的工作,也享受生活。"

"但她一定有追求者,毕竟她是这么迷人的姑娘。"

霍普金斯护士说:"她不是那种到处卖弄风情的女孩子。她很文静!"

"但是无疑,村子里一定有喜欢她的年轻人。"

"当然,有个叫泰德·比格兰德的小伙子。"霍普金斯护士说。

波洛仔细打听了泰德·比格兰德的情况。

"他非常喜欢玛丽。"霍普金斯护士说,"但就像我告诉玛丽的,他配不上她。"

波洛说:"她不接受他,他一定很生气吧?"

"是的,他是伤心了,"霍普金斯护士承认,"还怪我多管闲事。"

"他认为这是你的错吗?"

"他是这么说的。但我觉得完全有责任劝告这个姑娘。毕竟,我比她的社会阅历丰富。我不希望玛丽自暴自弃。"

波洛温和地说:"你为什么这么关心她呢?"

"哦,我也不知道。"霍普金斯护士犹豫了,她看起来有点不好意思,"有些事情……好吧……玛丽的身世遭遇让我觉得挺传奇浪漫的。"

波洛低声说:"玛丽的遭遇也许比较不同寻常,但她的身世有什么特别呢?她不是门房的女儿吗?"

霍普金斯护士说:"是的,是的,当然了。至少——"

她犹豫了一下,看了看波洛,波洛回以她最善解人意的目光。

"事实上,"护士霍普金斯笃定地脱口而出,"她根本不是老杰拉德的女儿。老杰拉德亲口告诉我的,她的亲生父亲是一位绅士。"

波洛低声说:"我明白了……那她的母亲呢?"

霍普金斯护士犹豫了一下,咬了咬嘴唇,然后接着说:

"她的母亲曾经是老韦尔曼夫人的侍女。她是在玛丽出生后才嫁给杰拉德的。"

"照你这么说,确实挺浪漫的——还很神秘。"

霍普金斯护士的脸色一亮。"是吧?当你知道别人都不知道的事时,总是忍不住对这件事格外感兴趣。我也只是因为一个偶然的机会,才发现了这件事的内情。事实上,是奥布莱恩护士提醒了我,说来话长。但是,正像你说的,了解过去的事情是很有意思的。有那么多不为人知的悲剧。这真是一个悲惨的世界。"

波洛叹了口气,摇了摇头。

霍普金斯护士突然警觉起来,说:"我不应该这么说。这件事我是一句都不会再说了!毕竟,这事和案子没有任何关系。世人只用知道玛丽是杰拉德的女儿就行了。人都已经死了,不能再让她被人说三道四!杰拉德娶了她的母亲,这就够了。"

波洛低声说:"不过,你是不是知道谁是她的亲生父亲?"

霍普金斯护士无奈地说:"好吧,也许我知道,不过,话又说回来,也许我不知道。也就是说,我并没什么真凭实据,只能凭猜测。俗话说,旧罪有着长长的阴影!但轮不到我来说三道四,我一个字也不会说的。"

波洛明智地就此打住,换了另一个话题。"还有一件事比较微妙。不过我相信,我可以仰仗你的判断力。"

霍普金斯护士仰起头,灿烂的笑容出现在她平庸难看的脸上。

波洛继续说:"我说的是罗德里克·韦尔曼先生。我听说他迷上了玛丽·杰拉德。"

霍普金斯护士说:"被迷得神魂颠倒呢!"

"尽管那时他和卡莱尔小姐还有婚约在身?"

"要我说，"霍普金斯护士说，"他从来没有真正爱过卡莱尔小姐。我可不会说那叫爱。"

波洛以旧式的做派问："玛丽·杰拉德有没有鼓励他的追求？"

霍普金斯护士厉声说："她的表现无可挑剔。没人能说她鼓励他的追求！"

波洛说："那她爱上他了吗？"

霍普金斯护士厉声说："不，她没有。"

"但是她喜欢他吧？"

"哦，是的，她挺喜欢他的。"

"我想，假以时日，他们也许会有进一步发展吧？"

"这有可能。但是玛丽不会操之过急。她在这儿的时候就告诉过他，他还和埃莉诺小姐有婚约，不应该和她说这些话。后来他到伦敦找她的时候，她也是这样说的。"

波洛颇为直接地问："你自己怎么看罗德里克·韦尔曼先生？"

霍普金斯护士说："他是个不错的小伙子。虽然有点神经质。看起来好像有点闷闷不乐的样子。那些神经质的人往往都这样。"

"他喜欢他的婶婶吗？"

"我认为是的。"

"她病重的时候，他有没有经常来陪伴她？"

"你是说她第二次中风的时候吗？他们来庄园那天，是她去世前一天晚上？我相信他甚至都没进过她的房间！"

"真的吗？"

霍普金斯护士赶紧说："她没有提出要见他。当然，我们也没料到她这么快就死了。你知道的，很多男人都是这个样子的，害怕进病房。他们也没办法。而且这不是无情。他们只是不想自己被弄得心烦意乱。"

波洛会意地点点头。他说:"你肯定韦尔曼先生在他婶婶去世前没有进过她的房间吗?"

"至少我值班的时候没有!奥布莱恩护士凌晨三点来换我的班,也许她见过。但是,她并没有和我提起过。"

波洛说:"也许他是在你们不在的时候进入了她的房间?"

霍普金斯护士厉声说:"我不会擅离职守,放着我的病人不管的,波洛先生。"

"非常抱歉。我不是那个意思。我是想也许你有时需要去烧个水,或者到楼下拿一些必要的药剂。"

霍普金斯护士的面色缓和了一些,说:"我的确下楼换过热水瓶,重新装了一瓶水。我知道厨房里有水壶在烧热水。"

"你离开了多久?"

"大概五分钟吧。"

"啊,是的,那么韦尔曼先生有可能在那时去看过她吧?"

"如果他那么做的话,一定动作非常快。"

波洛叹了口气。他说:"照你这么说,男人都害怕进病房。看护病人的天使都是女人。要是没有你们,我们该怎么办啊?特别是从事你这个工作的,真是一个崇高的职业。"

霍普金斯护士的脸红了,说:"你说得真好。我自己从来没有这样想过呢。护理工作太辛苦了,根本没想过它崇高的一面。"

波洛说:"关于玛丽·杰拉德,你还有什么别的能告诉我的吗?"

一阵明显的停顿之后,霍普金斯护士说:"我什么都不知道。"

"你确定?"

霍普金斯护士有些语无伦次地说:"你不明白。我很喜欢玛丽。"

"没有别的事可以告诉我了吗?"

"是的,没有了!就这些了。"

第四章

波洛一脸谦卑地坐在一袭黑衣、庄重威严的毕索普太太面前。

要融化毕索普太太可不是件容易的事。因为毕索普太太是一位秉持保守的习惯和观念的女士。她对外国人抱有强烈的反感,而波洛又无疑是个地道的外国人。她非常冷淡地接待他,用厌恶和怀疑的眼光打量着他。

洛德医生的引见也丝毫没有起到缓和局面的作用。

当洛德医生离开后,毕索普太太说,"我敢肯定,洛德医生是个聪明的医生。他的前任兰塞姆医生在这里行医已经很多年了!"

这话的意思也就是说,兰塞姆医生是个可靠的医生,行事作风符合乡村的风俗习惯。而洛德医生,只是个不负责任的年轻人,一个走运接替了兰塞姆医生职务的人,对他的评价只有"聪明"二字。

毕索普太太的整个神态都似乎在说——聪明是远远不够的!

波洛能说会道,机智过人。但即使他使出浑身解数,毕索普太太对他仍是爱理不理,横眉冷对。

韦尔曼夫人的死很让人伤心,她在这一带备受尊敬与好评。逮捕卡莱尔小姐是"令人不齿"的行为,都是那些"新发明的办案手段"的杰作。毕索普太太对玛丽·杰拉德之死的看法是模棱两可的,她说来说去只是:"我说不上来,真的。"

波洛打出了最后一张王牌。他得意扬扬地提起最近拜访桑德灵厄姆的事，他仰慕地说起那位皇亲贵胄的平易近人与慷慨仁慈。

毕索普太太每天的生活重心就是关注王室贵族的动向，这下她被波洛震慑到了。毕竟，如果他们都把波洛先生奉为座上宾，嗯，当然，情况就大不同啦。外国人也好，本国人也罢，她艾玛·毕索普算哪根葱，难道还要跟王室对着干吗？

很快，她和波洛先生就愉快地谈论起一个非常有趣的话题——关于公主挑选合适的未来夫婿的问题。

经过一圈的筛选，他们得出结论，目前的这些候选人都还不够好，随后谈话也陷入无聊的兜圈中。

波洛语重心长地感叹道："婚姻，唉，充满了危险和陷阱！"

毕索普太太说："是的，的确如此，还有讨厌的离婚。"她的语气像是在谈论一种传染病，例如水痘。

"我想，"波洛说，"韦尔曼夫人去世前，一定很希望看到她的侄女找到理想归宿吧？"

毕索普太太点点头。"确实如此。埃莉诺小姐和罗德里克先生的订婚让她十分欣慰。这是她一直希望的。"

波洛大胆猜测："他们订婚也许有一部分原因是想讨好她吧？"

"哦，不，我不认为是这样，波洛先生。埃莉诺小姐一直都倾心罗迪先生，一直如此，从她还是个小不点的时候起就这样了，明眼人都看得出来。埃莉诺小姐天性忠诚执着！"

波洛低声说："那男方呢？"

毕索普太太严肃地说："罗德里克先生也喜欢埃莉诺小姐。"

波洛说："然而，婚约还是取消了不是吗？"

毕索普太太的脸红了。她说："都怪那草丛里毒蛇的诡计，波洛先生。"

波洛适时地露出一个震惊的表情："此话怎讲？"

毕索普太太的脸更红了,她解释说:"在这个国家,波洛先生,人们通常不说死人的坏话,但是那个年轻的姑娘,波洛先生,诡计多端。"

波洛看着她,沉思了一会儿。然后,他直言不讳道:"你让我太吃惊了。我从别人那里听来的对那姑娘的印象完全不同,都说她是一个非常单纯朴实的姑娘。"

毕索普太太的下巴颤抖了一下。"她是很狡猾的,波洛先生。人们都被她骗了。比如那个霍普金斯护士就是!是的,还有我那可怜的女主人!"

波洛同情地摇了摇头,嘴里配合地"啧啧"了几声。

"是的,千真万确,"毕索普太太受到鼓励越说越起劲,"可怜的女主人身体一日不如一日,那年轻姑娘花言巧语骗得她的信任。她知道怎么样可以得到好处。总是缠在她身边,给她读书,给她带一束束鲜花。使得女主人一刻也离不了她,玛丽长玛丽短,一天到晚都在问'玛丽在哪里'。还有她花在这姑娘身上的钱!昂贵的学校,还送她到国外去留学,而那个姑娘只不过是老杰拉德的女儿!我告诉你,连她父亲都看不下去了!他常常抱怨她的小姐做派。有悖她的身份,妄图飞上枝头变凤凰,太没有自知之明了。"

这一次,波洛同情地摇摇头说:"真是的,真是的。"

"还有就是她勾引罗迪先生的手段!他太单纯了,根本没有看穿她。而埃莉诺小姐,像她这样心地善良的年轻姑娘,当然也没明白发生了什么事。但是男人都是一样的:只要几句奉承话和一张漂亮的脸蛋,就什么都不在话下了!"

波洛叹了口气。"我想,她也有和她身份相当的追求者吧?"他问。

"当然,有的。鲁弗斯·比格兰德的儿子泰德就是一个——那可是一个少有的好小伙子。但是,哦,不行,他配不上我的大小姐!我真是受不了她的装模作样!"

波洛说:"她这样对待他,难道他没有生气吗?"

"他生气。他责怪她跟罗迪先生眉来眼去。我知道这是事实。那小伙子生气是有道理的!"

"我同意,"波洛说,"你让我大开眼界,毕索普太太。有些人就是有本事用寥寥几句话就能把一个人形容得惟妙惟肖。这是一个了不起的天赋。我现在对玛丽·杰拉德有了一个清晰的印象。"

"你要知道,"毕索普太太说,"我不会再说这个姑娘的坏话了!我不想这么做,毕竟她人都已经死了。但毫无疑问她的确造成了不小的麻烦!"

波洛低声说:"我不知道,这事会怎么收场呢?"

"这正是我想说的!"毕索普太太说,"相信我,波洛先生,要是我亲爱的女主人还活着,当时我们都震惊得不得了,但现在我倒觉得,她去世得早反而是一种幸运。要不然还不知道该怎么收场呢!"

波洛追问:"你是什么意思?"

毕索普太太严肃地说:"我见过这种事情不止一次啦。我姐姐服务的人家就发生过这种事。一次是老兰多夫上校,去世后一分钱也没有留给他可怜的妻子,全都给了一个住在伊斯特本的荡妇。还有一次是老戴克斯太太,把钱留给了教堂的管风琴手——那些留着长头发的年轻小伙子中的一个,而不是她那些继子和继女。"

波洛说:"你的意思是说,韦尔曼夫人也有可能会把她所有的钱都留给玛丽·杰拉德?"

"如果真那样的话,我是不会感到意外的!"毕索普太太说,"我一点都不怀疑,那个年轻姑娘打的就是这个主意。如果我冒昧地对此多说几句，韦尔曼夫人会把我生吞活剥的，尽管我已经跟随她将近二十年。这是一个忘恩负义的世界，波洛先生。你想尽忠职守，但没人领情。"

"唉！"波洛叹了口气，"多么真实的领悟啊！"

"但是终究邪不胜正。"毕索普太太说。

波洛说："确实。玛丽·杰拉德已经死了。"

毕索普太太舒心地说："她已经得了报应，我们不要再批评她了。"

波洛若有所思地说："她的死似乎相当令人费解。"

"都怪这些警察和他们的什么新的办案手段，"毕索普太太说，"像埃莉诺小姐这样一个出身良好、有教养的年轻淑女怎么会下毒害人呢？他们还想把我拖下水，还说我说过她的神情很奇怪！"

"那么不奇怪吗？"

"神情奇怪有什么不对呢？"毕索普人人叹了一口气，"埃莉诺小姐是个有七情六欲的年轻姑娘。她要去整理她姑姑的遗物，这终究是一件令人伤心的事。"

波洛同情地点点头。他说："要是你当初陪着她一起去，事情就容易多了。"

"我想陪她的，波洛先生，但她坚决地拒绝了我。哦，埃莉诺小姐一直是个非常骄傲而矜持的年轻姑娘。我真希望当时和她一起去了。"

波洛低声说："你没想到跟过去到房子里看看？"

毕索普太太威严地昂起头。"别人不需要我，我是不会去的，波洛先生。"

波洛显得有些尴尬。他喃喃地说："再说了，你那天早上一定是有别的重要事情吧？"

"我记得,那天天气非常暖和。十分闷热。"她叹了口气。"我走到墓地,放了些鲜花到韦尔曼夫人的墓前,表示悼念。我在那里逗留了挺长时间。我都快热晕了。我很迟才回家吃午饭,我姐姐看到我大汗淋漓的样子很生气!怪我不应该在那样热的天气里奔波。"

波洛敬佩地看着她。他说:"我真佩服你,毕索普太太。你对去世的女主人的感情令人感动。我想,罗德里克·韦尔曼先生一定很自责那天晚上没有去看他婶婶吧?虽然他也不可能知道她竟然这么快就去世了。"

"哦,这你就完全弄错了,波洛先生。我可以告诉你真实情况。罗迪先生其实进过他婶婶的房间。我当时就在外面。我听见护士下楼的声音,我想我最好去看看女主人会不会有什么需要,因为你也知道那些护士是什么样的,她们总是待在楼下和女仆闲聊,要不然就是到处打听,烦人得要死。那个霍普金斯护士比那个红头发的爱尔兰护士好不到哪儿去。总是喋喋不休,制造麻烦!所以,正如我刚才说的,我想过去看看是否一切都好,而就在那时,我看到了罗迪先生溜进他婶婶的房间。我不知道她是不是知道他来过,但无论如何,他没有任何理由责怪自己!"

波洛说:"我很高兴听你这么说。他看起来有点神经质。"

"只是有点爱胡思乱想。他一直都是这样。"

波洛说:"毕索普太太,你显然是个非常有见识的女人。我对你的判断力有很高的评价。你认为玛丽·杰拉德到底是怎么死的呢?"

毕索普太太哼了一声。"我觉得答案一目了然!肯定是艾伯特装馅料的那些脏兮兮的罐子。在货架上都摆了有一个月了!我表弟有一次吃了他家的罐头螃蟹,得了一场病,差点都死了!"

波洛提出反对意见:"但是在尸体里发现的吗啡又是怎么回事

呢？"

毕索普太太郑重地说："我不知道吗啡是什么！但我知道医生是怎么回事。你告诉他们要找的东西，他们就会找到它！他们大概觉得变质的鱼糜不够刺激吧！"

波洛说："你不觉得她有可能是自杀吗？"

"她？"毕索普太太嗤之以鼻。"不可能。她都打定主意要嫁给罗迪先生了，为什么要自杀！"

第五章

1

由于是星期天,波洛在泰德·比格兰德父亲的农场找到了他。

要让泰德·比格兰德开口一点都不难。他似乎很高兴有一吐为快的机会,就好像是一种解脱。

他若有所思地说:"所以你是想找出是谁杀了玛丽?这可不容易。"

波洛说:"这么说你不相信卡莱尔小姐杀了她?"

泰德·比格兰德一脸困惑地皱起了眉头,样子好像一个孩子。

他缓缓地说:"埃莉小姐是位淑女。她是那种……嗯,你无法想象她会做那么暴力的事情,如果你明白我的意思。毕竟,先生,一个那么好的年轻淑女哪会去做那种事?"

波洛若有所思地点点头。他说:"是的,这不太可能。但是,要是涉及嫉妒——"

他停了一下,看着他面前这个英俊高大的小伙子。

泰德·比格兰德说:"嫉妒?我知道这种事情确实有,但通常是借酒浇愁,醉后闹事,打一架流点血。但埃莉诺小姐,像她那样善良文静的年轻淑女——"

波洛说:"但是,玛丽·杰拉德死了,非自然死亡。你有什么想法，有没有什么可以告诉我，帮我找出是谁杀了玛丽·杰拉德？"

男孩慢慢地摇了摇头。他说："这看起来不对劲。这不可能，如果你明白我的意思，没有人会杀玛丽。她就像一朵花。"

突然之间，在那么鲜明的一瞬间，波洛对那个死去的女孩有了一个全新的印象。在男孩结结巴巴、朴实无华的形容下，女孩玛丽再次活了过来，青春怒放。"她就像一朵花。"

2

一种突如其来的失落，美好的东西被毁坏的凄美。

波洛心中一一浮现出人们对玛丽的评语。彼得·洛德说"她是个好孩子"。霍普金斯护士说"她美得可以去拍电影"。毕索普太太怨毒地说"受不了她的装模作样"。而现在，最后，使其他评论黯然失色的这句简单而神奇的话："她就像一朵花。"

波洛说："但是？"他双手大大地摊开，颇具外国人风范地表示询问。

泰德·比格兰德点了点头。他的眼睛仍然呆滞无神，像只受伤的动物。他说："我知道，先生。我知道你说的是真的。她不是自然死亡。但是，我一直想不通——"

他停了一下。

波洛说："什么？"

泰德·比格兰德慢慢地说："我一直在想，这件事会不会是个意外！"

"意外？但是，会是什么样的意外呢？"

"我知道，先生。我知道。听起来好像没道理。但是，我一直在想这件事，依我看来，只能是这样。本来就不是故意的，或者是弄错了。只是……嗯，只是一个意外！"

他恳求地看着波洛，为自己的口才不佳而感到尴尬。

波洛沉默了一会儿，似乎在思考什么。最后他说："你这么想很有意思。"

泰德·比格兰德自嘲地说："我知道你一定觉得没道理，先生。我也说不清楚为什么这么想。只是我的感觉。"

波洛说："感觉有时候是很重要的指引。希望你不要介意我揭人伤疤，你很喜欢玛丽·杰拉德，是不是？"

泰德晒得黝黑的脸罩上了红晕。他坦率地说："我想这儿的每个人都知道。"

"你想和她结婚？"

"是的。"

"但是她不愿意？"

泰德的脸色微微一沉。他愤愤不平地说："有些人本意是好的，但他们不应该随意地干涉别人的生活。上学啊，出国啊！所有那些事改变了玛丽。我不是说宠坏了她，或者她变得趾高气扬，她没有。但是——哦，那迷惑了她！让她无所适从。她……哦，说句不好听的，她对我来说太好了，我配不上她，但她对于韦尔曼先生这样真正的绅士来说又还不够好，配不上人家。"

波洛看着他，问："你不喜欢韦尔曼先生？"

泰德·比格兰德粗声说："我凭啥要喜欢他？韦尔曼先生是个好人，我对他没有什么意见。虽然他在我看来并不算什么男子汉！我可以一拳把他劈成两半。我想，他是有头脑的……但是，比如说吧，如果你的车子坏了，头脑可没什么用处。哪怕你知道汽车运行的原理，可是在一辆坏了的车子面前你就跟个婴儿一样无助，其实你要做的只是把车轮取下来擦一擦。"

波洛说:"对了,你在汽车修理厂工作吧?"

泰德·比格兰德点了点头。"亨德森修理厂,就在路边。"

"出事的那天上午,你在那儿吗?"

泰德·比格兰德说:"是的,我在给一位绅士检查汽车。那车子不知哪里堵塞了,但我找不出来。我开着那辆车出去兜了几圈。现在想起来似乎很奇怪。那是美好的一天,篱笆上开着几朵金银花……玛丽以前很喜欢金银花。她出国之前,我们经常一起去摘花。"

那种迷惑不解的孩子般的神情再次出现在他的脸上。波洛默然。泰德·比格兰德先回过神来。

他说:"对不起,先生。忘了我说韦尔曼先生的那些话吧。我是太难过了,因为他缠着玛丽。他不应该招惹她的。她跟他根本就不是一个世界的人。"

波洛说:"你觉得她喜欢他吗?"

泰德·比格兰德再次皱起了眉头。"我觉得不喜欢,或者不是真的喜欢。但也有可能。我说不准。"

波洛问:"玛丽生命中有没有其他男人?比如说,她在国外有没有遇到什么人?"

"我不知道,先生。她从来没有提起过任何人。"

"玛丽有敌人吗?在梅登斯福德这里?"

"你是说有谁会下毒害她吗?"他摇摇头,"大家对她都不是很了解。但他们都喜欢她。"

波洛说:"那么H庄园的管家毕索普太太喜欢她吗?"

泰德突然咧嘴一笑。他说:"哦,她可生气了!那个老太婆不喜欢韦尔曼夫人这么器重玛丽。"

波洛问:"玛丽·杰拉德在这儿生活得快乐吗?她喜欢老韦尔曼夫人吗?"

泰德·比格兰德说:"我敢说,要是护士不来烦她,她在这儿可够快活的。我指的是霍普金斯护士。总是把一些想法灌输给她,怂恿她去学按摩,自己谋生。"

"她喜欢玛丽吗?"

"哦,是的,挺喜欢。但她是那种自以为是,总喜欢帮人拿主意的人!"

波洛缓缓说道:"假设霍普金斯护士知道某些事,我们这么说吧,某些可能有损玛丽名誉的事情,你觉得她能否保守秘密?"

泰德·比格兰德好奇地看着他。

"我不大明白你的意思,先生。"

"你觉得如果霍普金斯护士知道什么对玛丽·杰拉德不利的事情,她会不会管着自己的舌头不说呢?"

泰德·比格兰德说:"我可不相信那个女人可以管得住自己的舌头!她是村里数一数二的长舌妇。但是,如果她真能为谁保守秘密,那大概也只有玛丽了。"他好奇地问:"我想知道,你为什么问这个?"

波洛说:"和人交谈的时候,我们会对一个人形成一定的印象。霍普金斯护士表面上看来非常坦诚直率,但我有种印象,这种印象非常强烈,她似乎隐瞒着什么。不一定是件重要的事,可能和案子无关。但是,她对我隐瞒了某些事。我还有种印象,这件事不管是什么,都是对玛丽·杰拉德不利的。"

泰德无奈地摇了摇头。

波洛叹了口气。"好吧,算了,我迟早会弄明白的。"

第六章

波洛饶有兴致地望着罗德里克·韦尔曼那张颀长而敏感的脸。

罗迪的神经正处于一种可怜的状态。他的手抽动着,眼中布满血丝,声音沙哑,透着烦躁。

他低头看着名片,说:"当然,我听过你的名字,波洛先生。但我不懂洛德医生为什么觉得你在这件事上能有什么作为!而且,不管怎么说,这又关他什么事呢?他只不过是照顾我婶婶的医生而已,除此之外,他完全是个外人。埃莉诺和我今年六月才认识他。处理这些事务难道不是塞登的职责吗?"

波洛说:"从技术上讲是这样的。"

罗迪不悦地继续说:"塞登也让我觉得没信心。他悲观得要命。"

"这是律师的职业习惯。"

"不过,"罗迪稍稍振作了一点,说,"我们已经请到了布尔默。据说他是这一行的顶尖高手,是不是?"

波洛说:"他享有令人绝望的声誉。"

罗迪明显地畏缩了一下。

波洛说:"我想尽力帮助卡莱尔小姐,你不会不高兴吧?"

"不,不,当然不会。可是——"

"可是我有什么办法吗?你是不是想问这个?"

罗迪忧伤的脸上迅速闪过一丝微笑——这微笑如此突然而迷

人,波洛瞬间明白了这个男人微妙的吸引力。

罗迪表示歉意:"这么说有点失礼。不过,说真的,这确实是关键。我不想兜圈子。你能做什么呢,波洛先生?"

波洛说:"我可以找出真相。"

"是吗?"罗迪听起来有点不大相信。

波洛说:"我也许能发现一些对被告有利的证据。"

罗迪叹了口气。"但愿如此!"

波洛继续说:"我真诚地希望能够帮得上忙。你愿不愿意帮助我,告诉我你对整件事的看法?"

罗迪站起身来,不安地走来走去。

"我能说什么?整件事情如此荒谬——真是太不可思议了!埃莉诺,我从小就认识她了,埃莉诺根本不是会做出这种事的人,下毒,这太戏剧化了。这事太可笑了!但是,到底我该怎么向陪审团解释呢?"

波洛冷淡地说:"你认为卡莱尔小姐完全不可能做这样的事?"

"哦,不可能!那是毋庸置疑的!埃莉诺是一个精致的人,身心都和谐平衡,她天性里就没有暴力的成分。她聪明、敏感,完全没有动物的激情。但是陪审席上却是十二个傻瓜,天知道他们听得进去什么话!毕竟,我们要理智一点:他们不是去评判人的性格,而是去审核证据的。他们看重的是事实,事实,事实!而事实是对她不利的!"

波洛沉思着点了点头。他说:"韦尔曼先生,你是一个感性而聪明的人。事实的确对卡莱尔小姐不利。依你对她的了解,你认为她是清白的。那么,真相到底是什么?到底发生了什么事?"

罗迪恼怒地摊开双手。"这正是要命的地方!我想不会是那个护士干的吧?"

"她没有靠近过三明治。哦,我已经仔细调查过了,而且她也不可能在茶里下毒而自己不中毒。这点毋庸置疑。此外,她为什么要杀害玛丽·杰拉德呢?"

罗迪喊道:"怎么会有人想要杀害玛丽·杰拉德呢?"

"那正是这个案子最令人费解的地方,"波洛说,"没有人想杀死玛丽·杰拉德。"(他自己心里补充了一句:除了埃莉诺·卡莱尔。)"因此,下一步按照逻辑来推论应该是:玛丽·杰拉德不应该死!但是,唉,事实并非如此。她被杀害了!"

他略带戏剧性地加了一句:

"但她安睡在墓中,哦可怜,
　对于我呵是个地异天变。①"

"抱歉,你说什么?"罗迪问。

波洛解释说:"华兹华斯。我读了很多他的诗。这些诗是多么感人,你觉得呢?"

"我?"

罗迪神情木讷而冷淡。

波洛说:"很抱歉,我表示深深的歉意!既要当侦探,又要当地道的绅士,这太难了。你们有句话说得好,非礼勿言。但是,唉,一个侦探却不得不说!他必须要问问题:像是一些私人的事情,个人的感受,等等!"

罗迪说:"这些都是完全没有必要的吧?"

波洛快速而谦恭地说:"能不能让我简单了解一下你的立场?

---

①华兹华斯诗,郭沫若译。——译者注

然后我们就略过那些不愉快的话题,不再提起。众所周知,韦尔曼先生,你——喜欢玛丽·杰拉德。我想,这是真的吧?"

罗迪起身走到窗边,把玩着窗帘上的流苏。他说:"是的。"

"你爱上她了?"

"我想是的。"

"啊,你现在一定因为她的死而伤心——"

"我……我想……我的意思是,嗯,说真的,波洛先生——"

他转过身,犹如一个陷入绝境的动物,紧张、急躁、敏感。

波洛说:"如果你能告诉我,明明白白地告诉我,那么我就不再追问了。"

罗迪·韦尔曼在椅子上坐了下来。他没有看波洛,十分勉强地开了口。

"这很难解释。我们一定要谈这件事吗?"

波洛说:"人不能总是逃避生活中那些不愉快的事情,韦尔曼先生!你说你觉得你喜欢这个姑娘。难道你不确定?"

罗迪说:"我不知道!……她是那么可爱。就像一个梦。现在看起来就是这样。一个梦!不真实!所有这一切。我第一眼看见她就为她倾倒,我对她的迷恋像是疯了一样!而现在一切都结束了,一切都消失了,就像……就像从来没有发生过。"

波洛点了点头。他说:"是的,我明白了。"

他又说:"她死的时候你不在英国吧?"

"是的,我七月九日出国,八月一日回国。我每到一个地方,埃莉诺都有电报发来。当我得到消息就急忙赶回来了。"

波洛说:"你一定很震惊吧。你那么喜欢那个姑娘。"

罗迪的声音里带着苦涩和恼怒:"为什么会发生这些事情?没有人愿意发生这些事!这是违反人性的,是所有喜欢生活井然有序的人都不希望碰到的!"

波洛说:"啊,但生活就是这样!它不允许你随心所欲地来安排它。它不允许你逃避情感,只靠智慧和理性生活!你不能说,'我只感受这么多就够了。'生活,韦尔曼先生,不管有什么其他特性,绝不会是合理性的!"

罗德里克·韦尔曼喃喃地说:"看来是这样。"

波洛说:"一个春天的早晨,一张女孩的脸——曾经井然有序的生活突然就翻天覆地了。"

罗迪打了个寒噤,波洛继续说:"有时候,这会比'一张脸'更复杂。你真正了解玛丽·杰拉德多少,韦尔曼先生?"

罗迪沉重地说:"我了解多少?很少,我现在明白了。我想,她是甜美而温柔的,但是说真的,我什么都不了解,什么都不了解……我想,正因为这样,我并不怀念她。"

他的抗拒和不满现在都消失了。他能够自如地谈话了。赫尔克里·波洛具有让人卸下心防的本事。罗迪看起来放松了许多。

他说:"甜美,温柔,不是很聪明。还有,敏感,善良。她身上有种在她那个阶层的女孩身上很少看到的文雅气质。"

"她是那种会不知不觉中树敌很多的人吗?"

罗迪用力地摇头。"不,不,我无法想象有人不喜欢她。我是说,真正不喜欢。不过,心怀恶意就另当别论了。"

波洛连忙说:"恶意?这么说你认为有人心怀恶意?"

罗迪心不在焉地说:"应该是的,所以才会有那封信。"

波洛敏锐地问:"什么信?"

罗迪脸红了,看起来有些恼怒。他说:"哦,没什么重要的。"

波洛再问了一遍:"什么信?"

"一封匿名信。"他勉强地回答。

"什么时候寄来的？写给谁的？"

罗迪很不情愿地解释。

波洛喃喃道："有意思。我可以看看那封信吗？"

"恐怕不行。实际上，我把它烧了。"

"什么？你为什么这样做，韦尔曼先生？"

罗迪生硬地回答："那时候这么做是很自然的。"

波洛说："因为这封信的缘故，你和卡莱尔小姐匆忙赶去了亨特伯里庄园？"

"是的，我们去了。但并不是匆忙赶去。"

"但你们是有点不安的，是不是？也许，甚至还有点惊慌？"

罗迪的回答更加生硬了："我不会承认的。"

波洛喊道："但可以肯定，这是很自然的！本来许诺给你们的财产岌岌可危！你们紧张这件事是很自然的！钱，是非常重要的！"

"没有你说的那么重要。"

波洛说："你这种超然的态度真是了不起！"

罗迪的脸红了。他说："哦，当然，钱对我们确实很重要。我们并不是完全无动于衷。但是，我们的主要目的是去看我的婶婶，希望她没事。"

波洛说："你和卡莱尔小姐一起去了那里。当时你婶婶还没有立遗嘱。不久之后，她二度中风。于是她想立遗嘱，但是，那天晚上她来不及立遗嘱就去世了，或许，对卡莱尔小姐来说是件好事。"

"喂，你这是在暗示什么？"罗迪一脸怒气。

波洛飞快地回答他："韦尔曼先生，你告诉我把玛丽·杰拉德的死归咎于埃莉诺·卡莱尔的动机是荒谬的，你说她不是那种人。但现在有了另一个理由。埃莉诺·卡莱尔有理由担心，她的继承权可能会被外人夺取。信中有人警告了她，她的姑姑临终前含糊不清的遗言也证明了这种担忧不是空穴来风。在楼下的门厅有一个药箱，里面有各种药物和医疗用品。要从里面拿走一管吗啡是很容易的。而后来，据我所知，当你和护士都去吃饭的时候，她在病房里单独与她的姑姑在一起。"

罗迪喊道："天哪，波洛先生，你在暗示什么？埃莉诺杀死了劳拉婶婶？这真是最最荒谬的想法！"

波洛说："但是你知不知道，对韦尔曼夫人开棺验尸的申请已经获得批准了？"

"是的，我知道。但他们不会发现任何东西！"

"要是他们找到了呢？"

"他们不会找到的！"罗迪断然回答。

波洛摇摇头。"我不敢肯定。而且，你也知道，能从韦尔曼夫人在那时去世而受益的只有一个人。"

罗迪坐了下来。他的脸色惨白，身体摇晃了一下。他盯着波洛，然后说："我还以为你是站在她这边的。"

波洛说："无论站在哪一边，我们都必须直面真相！我认为，韦尔曼先生，你一直以来都尽可能回避生活中那些尴尬的真相。"

罗迪说："为什么非要去面对最坏的一面，让自己痛苦呢？"

波洛严肃地回答道："因为它有时是必要的。"

他顿了一顿，然后说："让我们正视这种可能性：你婶婶的死可能会被查出是由于使用了吗啡。那会怎么样呢？"

罗迪无助地摇了摇头。"我不知道。"

"但是，你必须试着去思考这个问题。谁会把吗啡给她？你必须承认，埃莉诺·卡莱尔有这么做的最佳机会。"

"那护士呢？"

"当然，她们每个人都有机会。但霍普金斯护士发现吗啡丢了一管后,就立即告诉别人了。她没有必要这样做。死亡证明书都已经签署。如果她有罪,为什么还要提醒别人吗啡丢了呢?这可能会让人怪罪她粗心大意,而且如果是她毒杀了韦尔曼夫人,那么把注意力引到吗啡上面岂不是太愚蠢了。况且,她能从韦尔曼夫人的死中得到什么好处?什么也没有。奥布莱恩护士也是同样的情况。她可以使用吗啡,可以从霍普金斯护士的药箱里拿走。但是,还是那个问题——她为什么要那么做?"

罗迪摇摇头。"确实如此。"

波洛说:"接下来就是你自己了。"

罗迪像匹受了惊的马。"我?"

"当然。你可以拿到吗啡。你可以给韦尔曼夫人下药!那天晚上你独自在她房间里待了一小会儿。但是,还是那个问题,你为什么要那么做?如果她活着立下遗嘱,至少有可能在遗嘱里给你留下一些东西。所以,你看,你没有动机。只有两个人有动机。"

罗迪的眼睛一亮。"两个人?"

"是的。一个是埃莉诺·卡莱尔。"

"另一个呢?"

波洛慢慢地说:"另一个是写匿名信的人。"

罗迪一脸疑问。

波洛说:"有人写了那封信。那个人恨玛丽·杰拉德,或者至少不喜欢她。那个人正如他们所说的'就在你身边'。他不希望玛丽·杰拉德从韦尔曼夫人的死亡中获益。现在,你有什么想法,韦尔曼先生,写匿名信的人可能是谁?"

罗迪摇摇头。"我一点都不知道。那是一封错字百出的信,很多拼写错误,一看写信的人就没有文化。"

波洛挥挥手。"这没什么!一个受过良好教育的人为了掩饰很容易故意这样写。所以我才希望你还留着这封信。假装没文化的人其实会在字里行间露出马脚的。"

罗迪有些拿不准地说："埃莉诺和我以为可能是某个仆人写的。"

"你们觉得是谁？"

"不知道是谁。"

"你觉得会是管家毕索普太太吗？"

罗迪看起来很震惊。"哦，不，她是个最值得尊敬的人，高尚气派。她写的信辞藻华丽,修辞优美。此外,我敢肯定,她绝不会——"

在他犹豫的时候，波洛插话说："她不喜欢玛丽·杰拉德！"

"我想她是不喜欢。不过我并没有注意到什么。"

"但也许，韦尔曼先生，你本来就不太留意很多事吧？"

罗迪慢慢地说："你不觉得吗，波洛先生，我婶婶有可能是自己服下吗啡的？"

波洛说："是的，这是一种可能。"

罗迪说："她痛恨自己的无助，你知道的。她常说自己想死。"

波洛说："但是，她不可能从她的床上下来，走到楼下，并从护士的药箱里拿到吗啡。"

罗迪缓缓地说："是的，但是有人可以帮她做。"

"谁？"

"嗯，一个护士吧。"

"不，不会是护士。她们太了解这么做会给自己带来什么麻烦！护士的嫌疑最小。"

"那其他人——"

他吃惊地张了张嘴，又闭上了。

波洛平静地说："你想起了什么，是不是？"

罗迪拿不准地说:"是的……可是……"

"你不知道该不该告诉我?"

"嗯,是的。"

一个古怪的笑容出现在波洛上扬的嘴角:"卡莱尔小姐什么时候说的这话?"

罗迪深深地吸了一口气。

"天哪,你真是个巫师!是刚从火车上下来的时候。我们接到电报说劳拉婶婶又中风了。埃莉诺说,她是多么为她感到难过,可怜的老太太是多么讨厌生病,而现在她会更加无助了,对她来说无异于置身地狱。埃莉诺说,'如果病人一心求死,真应该让他们解脱'。"

"那么,你怎么说?"

"我表示同意。"

波洛非常严肃地说:"刚才,韦尔曼先生,你断然否定卡莱尔小姐为了钱财而杀了你的婶婶。现在,你是否也断然否定她出于同情而杀了韦尔曼夫人的可能性呢?"

罗迪说:"我……我……不,我不能。"

波洛低下头。他说:"是的,我想,我相信你会这么说。"

第七章

在布莱斯维克与塞登事务所的办公室里,波洛感受到了对方对他极其谨慎的态度,透露着不信任。

塞登先生用食指抚摸着他刮得干干净净的下巴,一副不置可否的样子,精明的灰色眼睛若有所思地打量着眼前的侦探。

"你的大名如雷贯耳,波洛先生。但是,我不明白你在这个案子里的立场。"

波洛说:"先生,我是为了你的当事人的利益而来。"

"啊,真的吗?是谁委托你的?"

"我是受洛德医生所托到这里来的。"

塞登先生的眉毛扬得高高的。"原来如此!在我看来这极不合规矩,极不合规矩。洛德医生,据我所知,他是控方证人。"

波洛耸耸肩。"这有什么关系吗?"

塞登先生说:"卡莱尔小姐的辩护工作是由我们全权负责。我真的不认为这件案子我们需要任何外界的帮助。"

波洛问:"难道是因为你的当事人的清白太容易证明了?"

塞登先生语塞了。然后,他用干巴巴的公事公办的口吻生气地回应。"那个,"他说,"是极不妥当的一个问题,极不妥当。"

波洛说:"你的当事人面临的指控是非常严重的。"

"我实在不明白,波洛先生,你怎么知道这件事?"

波洛说:"虽然我实际上是受洛德医生委托,但我这里有一张罗德里克·韦尔曼先生写的便条。"

他欠身将纸条递上。

塞登先生仔细读了便条上的几行字,不情愿地说:"既然如此,那情况就不同了。韦尔曼先生是卡莱尔小姐辩护案的负责人。我们也是受他委托行事。"

他的嫌恶之情溢于言表:"我们公司确实极少……呃……办理刑事诉讼,但我觉得这是出于道义,对于,呃,曾经的客户,我有责任为她的侄女辩护。而且,我们还请到了王室法律顾问埃德温·布尔默爵士。"

波洛突然露出嘲讽的笑容,说:"不惜一切血本。确实恰如其分!"

塞登透过眼镜表示:"真是的,波洛先生——"

波洛打断了他的抗议。"口才和煽情无法拯救你的当事人。这件案子需要的不止于此。"

塞登先生干巴巴地说:"你有什么指教?"

"总归有真相的。"

"不错。"

"但这件案子里的真相对我们有利吗?"

塞登先生尖锐地说:"这又是一句极不妥当的话。"

波洛说:"我想知道一些问题的答案。"

塞登谨慎地表示:"当然,没有客户的同意,我不能保证回答所有的问题。"

"我当然理解这一点。"他停顿了一下,接着说,"埃莉诺·卡莱尔有敌人吗?"

塞登先生略微有些惊讶。"据我所知,没有。"

"已故的韦尔曼夫人生前从来没有立过遗嘱?"

"从来没有。她总是一拖再拖。"

"埃莉诺·卡莱尔立遗嘱了吗?"

"是的。"

"最近吗?在她的姑姑死后?"

"是的。"

"她把她的财产留给谁?"

"波洛,这是保密的。没有我的当事人的授权,我不能告诉你。"

波洛说:"那我得去拜访你的当事人!"

塞登冷冷一笑,说:"那恐怕不容易。"

波洛站起来,做了一个手势。"对赫尔克里·波洛来说,"他说,"轻而易举。"

第八章

马斯登探长热情地接待了波洛。"好吧,波洛先生,"他说,"是来为我的哪个案子指点迷津的吗?"

波洛谦虚地咕哝道:"不,不。满足我自己的一点好奇心,仅此而已。"

"求之不得。是哪个案子呢?"

"埃莉诺·卡莱尔。"

"哦,是的,那姑娘毒杀了玛丽·杰拉德。两星期内就要开庭审判了。有趣的案子。顺便说一句,她给那老太太也下了毒。最终的验尸报告还没出,但基本没有疑问了。吗啡。真是冷血到家了。被捕前和被捕后都面不改色。什么也不说。但是,我们已经有了足够的证据,她逃不了。"

"你觉得是她干的?"

马斯登,这个经验丰富、面目和善的男人,笃定地点了点头。"毫无疑问。把毒下在三明治里。她是一个冷静的杀手。"

"你没有丝毫怀疑?没有任何疑点吗?"

"哦,没有。我敢肯定。当你确信无疑的时候,真是感觉很好!我们警方比谁都不希望犯错误。我们不是像有些人认为的,只是为了定罪。这次,我可以问心无愧地继续办案。"

波洛慢慢地说:"我明白了。"

这位苏格兰场的人好奇地看着他。"有什么不同的发现吗？"

波洛慢慢地摇了摇头。"到目前为止，还没有。至今我所发现的相关证据都指向埃莉诺·卡莱尔是有罪的。"

马斯登探长高兴地断言："她有罪，没错。"

波洛说："我想见见她。"

马斯登探长大度地一笑。他说："现任内政大臣对你言听计从，不是吗？这事很容易。"

第九章

彼得·洛德问:"怎么样?"

波洛说:"不是很顺利。"

彼得·洛德沉重地说:"你什么都没有掌握吗?"

波洛慢慢地说:"埃莉诺·卡莱尔出于嫉妒杀死了玛丽·杰拉德,埃莉诺·卡莱尔为了继承她姑姑的财产杀死了她的姑姑,埃莉诺·卡莱尔出于同情杀死了她的姑姑。我的朋友,你可以做个选择!"

彼得·洛德说:"你在胡说八道!"

波洛说:"是吗?"

洛德满是雀斑的脸看上去很生气。他说:"这是怎么回事?"

波洛说:"你认为那是有可能的吗?"

"我认为什么是可能的?"

"埃莉诺·卡莱尔无法忍受眼看她姑姑受苦,所以帮她解脱。"

"胡说!"

"真是胡说吗?你亲口跟我说过,老太太也曾叫你帮她。"

"她并不是认真的。她知道我不会做这种事。"

"不过,这个想法一直在她的脑海里。埃莉诺·卡莱尔有可能会帮她。"

彼得·洛德来回踱步。最后他说:"我不能否认,这种事情是有可能的。但埃莉诺·卡莱尔是一个头脑冷静、思维清晰的年轻女子。我不认为她会被同情冲昏头脑而看不见这样做的风险。她会意识到这种风险,这样做很容易被指控为谋杀。"

"所以,你认为她不会这么做?"

彼得·洛德慢慢地说:"我觉得一个女人或许会为她的丈夫、孩子和她的母亲做这种事。但是,我认为她不会为一个姑姑做这种事,哪怕她很喜欢那个姑姑。而且我认为她也只会在别人真正处于难以承受的痛苦时这样做。"

波洛想了想说:"也许你是对的。"

他接着说:"你觉得罗德里克·韦尔曼对她姊姊的感情足以让他做这样的事吗?"

彼得·洛德轻蔑地说:"他没有这个胆量!"

波洛喃喃说道:"我不知道。在某些方面,亲爱的先生①,你可能低估了那个年轻人。"

"哦,我敢说,他是聪明的。"

"没错,"波洛说,"而且,也很有魅力。是的,我发现了。"

"是吗?我可从来没有发现!"

彼得·洛德认真地说:"喂,波洛,真的什么都没查到吗?"

波洛说:"很遗憾,到目前为止,我的调查都不走运!它们总是回到同一个地方。没有人从玛丽·杰拉德的死亡中获益。没有人讨厌玛丽·杰拉德,除了埃莉诺·卡莱尔。也许,现在剩下的只有一个问题我们可以问问自己。有没有人讨厌埃莉诺·卡莱尔?"

洛德医生慢慢地摇了摇头。"据我所知没有……你的意思是有人想要陷害她?"

波洛点点头。他说:"这是一个非常牵强的猜测,也没有什么

---

① 原文为法语。——译者注

证据,除了,几乎所有对她不利的证据都完备了。"

他把匿名信的事告诉了洛德。

"你看,"他说,"这封匿名信可以成为对她不利指控的有力证据。她受到警告说,她可能被彻底从她姑姑的遗嘱中除名——那个女孩,一个陌生人,可能会得到所有的钱。所以,当她姑姑在病危的时候提出要见律师,埃莉诺不容有失,老太太当晚就得死!"

彼得·洛德喊道:"那罗德里克·韦尔曼呢?他也会失去一切!"

波洛摇摇头。"不,老太太如果立遗嘱的话对他有利。别忘了,如果她没立遗嘱就死了,他什么也得不到。埃莉诺才是她的近亲。"

洛德说:"但他将要和埃莉诺结婚!"

波洛说:"是的。但别忘了,他们随后就解除了婚约——他清楚地向她提出,他希望从婚约中脱身。"

彼得·洛德呻吟一声,扶着头。他说:"这样就又回到了她身上。每次都是这样!"

"是的。除非——"

波洛沉默了一会儿。然后他说:"还有一些事——"

"什么?"

"有些事——拼图当中缺失了一小块。我敢肯定关于玛丽·杰拉德还有什么。我的朋友,你在这里一定听到不少丑闻和流言。你有没有听说任何对她不利的事?"

"不利于玛丽·杰拉德的事?你是指批评她的品格的话吗?"

"任何事。关于她过去的故事。行为不慎,丑闻的暗示,对她诚实的质疑,关于她的恶意谣言。任何东西,但必须是有损于她的。"

彼得·洛德慢慢地说:"我希望你不会做这么没底线的事。试图向一个无辜的年轻姑娘身上泼脏水,她已经死了,无法再为自己辩护。而且，不管怎么说，我不相信你会这么做！"

"她就像一个女版的圆桌骑士加拉哈德爵士[①]——一个无可指摘的人。"

"据我所知，她的确是的。我从来没有听说过任何对她不利的话。"

波洛温和地说："你千万不要误会，我的朋友，我不会无端地搅浑水。不，不，不是那么回事。但那位好护士霍普金斯并不善于隐藏自己的感情。她喜欢玛丽，而且她不想让别人知道有一些关于玛丽的事。也就是说，她怕我会发现有一些对玛丽不利的事。她认为这事与案子无关。但是，她又深信埃莉诺·卡莱尔是凶手，而且很显然，不管这件事是什么，都与埃莉诺无关。但是，你看，我的朋友，关键是我应该知道所有的一切。因为这件事可能是玛丽对某个第三者做了一件错事，在这个案子里，这个第三者可能有置她于死地的动机。"

彼得·洛德说："但如果是这样的话，霍普金斯护士肯定也会意识到这一点的啊。"

波洛说："霍普金斯护士也许是个聪明的女人，但她的智慧是很难与我相比的。她发现不了的东西，都逃不过赫尔克里·波洛的眼睛！"

彼得·洛德摇摇头说："我很抱歉。我什么都不知道。"

波洛若有所思地说："泰德·比格兰德也不知道更多的事，他和玛丽一直生活在这里。毕索普太太也不知道更多的事，因为如果她知道什么关于这个女孩的丑事，她不会保守秘密的！是吗[②]，还有一个希望。"

"是吗？"

[①]亚瑟王的圆桌骑士中最纯洁的一位。——译者注
[②]原文为法语。——译者注

"我今天还要见另一位护士,奥布莱恩护士。"

彼得·洛德摇摇头说:"她对这个地方了解不多。她来这里才一两个月。"

波洛说:"我知道。但是,我的朋友,我们已经听说霍普金斯护士是个有名的长舌妇。她没有在村子里说闲话,因为这可能会伤害玛丽·杰拉德。但我怀疑她能不能憋得住什么都不说,也许她会给一个外来者兼同事透露一点点!奥布莱恩护士可能知道一些事。"

第十章

奥布莱恩护士甩着她的一头红发，对着坐在茶桌对面的小个子男人灿烂地笑着。

她心想，这真是个有趣的小个子，他的眼睛绿得像猫，洛德医生竟然说他是个聪明人！

波洛说："真高兴见到像你这样充满健康与活力的人。我敢肯定，你的病人一定都康复了。"

奥布莱恩护士说："我不是一个喜欢愁眉苦脸的人，而且谢天谢地，我看护的病人中去世的确实不多。"

波洛说："当然，像韦尔曼夫人那样的情况，死亡反而是仁慈的解脱。"

"啊！是的，可怜的老太太。"她的眼睛精明地盯着波洛，问道："你是不是要跟我谈那件事？我听说他们要把她挖出来。"

波洛说："你自己当时有没有怀疑过？"

"完全没有，其实我应该起疑才对，看洛德医生的表情就知道不对劲了，他那天还派我去这儿去那儿，到处跑腿，去拿些他根本用不到的东西！不过，他最后还是签署了死亡证明书。"

波洛说："他有他的理由——"但是她抢过了话头。

"的确，他是对的。对医生来讲，想太多而得罪家属没什么好处，而且万一他搞错了，他就完了，没有人再会找他看病。医生可不能犯错!"

波洛说:"有一种说法,韦尔曼夫人可能是自杀的。"

"她?她躺在那里动都不能动!她唯一能做的,就是抬起一只手!"

"有人可能会帮助她吗?"

"啊!我现在明白你的意思了。卡莱尔小姐,或韦尔曼先生,或玛丽·杰拉德?"

"这是有可能的,是不是?"

奥布莱恩护士摇摇头。她说:"他们不敢,哪一个都没这个胆子!"

波洛慢慢地说:"也许未必。"

然后他又问:"霍普金斯护士是什么时候丢了吗啡?"

"就是那天早上。'我敢肯定,我放在这里的。'她说。一开始她非常肯定,但你也知道是怎么回事,过了一会儿,她就有点搞不清楚了,最后她确信她把药落在家里了。"

波洛喃喃地说:"所以你就没有怀疑了?"

"压根儿没有!真的,我从来没有想过这件事有什么不对劲的地方。甚至直到现在也只不过是他们的一种怀疑。"

"丢了一管吗啡从来没有引起你或霍普金斯护士哪怕片刻的不安吗?"

"嗯,没有。我确实记得我想过这件事,我相信霍普金斯护士也想过——我们在蓝山雀咖啡馆的时候,彼此心领神会。她说:'我把它放在壁炉上,不小心掉进了垃圾筒,不可能是别的情况,对吗?'而我对她说:'是的,确实如此,就是这么回事。'我们谁都没有把心里的想法说出口,也没说心里的担忧。"

赫尔克里·波洛问:"那你现在觉得呢?"

奥布莱恩护士说:"如果他们在老太太尸体里发现吗啡,那就不用说也知道是谁拿走了吗啡,以及用到了什么地方。虽然我不相信她会用同样的手段对待老太太。"

波洛说:"你毫不怀疑是埃莉诺·卡莱尔杀死了玛丽·杰拉德?"

"在我看来,这是毫无疑问的!还有谁有理由或希望这么做呢?"

"这正是问题所在。"波洛说。

奥布莱恩护士继续激动地说下去:"那天晚上,老太太竭力断断续续地说话,埃莉诺小姐答应她,一切都会做得体面,会按照她的心意去办,难道我不是亲耳听到?而且后来有一天当她下楼,在楼梯上看到玛丽时,她的脸上全是仇恨的神情,难道我不是亲眼看见?谋杀的念头就是在那一刻埋下的。"

波洛说:"如果是埃莉诺·卡莱尔杀死了韦尔曼夫人,那么她为什么要这样做?"

"为什么?当然是为了钱。足足二十万英镑啊。这就是她这么做所能得到的,也是她这么做的原因——如果真是她做的。她是一个大胆又聪明的姑娘,无所畏惧,机智过人。"

波洛说:"如果韦尔曼夫人活着的时候立下了遗嘱,您觉得她会怎么分配她的钱?"

"啊,这可轮不到我说,"奥布莱恩护士说,不过,她的表情却分明在表示正准备一吐为快,"但是照我看来,老太太的每一分钱都会留给玛丽·杰拉德。"

"为什么?"赫尔克里·波洛问。

这简单的问题似乎难住了奥布莱恩护士。

"为什么?你问为什么?嗯——我只能说,就是会这样。"

波洛低声说:"有些人可能会说,玛丽·杰拉德工于心计,她千方百计讨好老太太,让她忘记了自己的血缘与亲情。"

"他们可能会这么说。"奥布莱恩护士慢慢地说。

波洛问:"玛丽·杰拉德是个聪明又有心机的女孩吗?"

奥布莱恩护士还是慢条斯理地说:"我认为她不是。她做的事情都是出于自然天性,没有什么心计。她不是那种人。再说还有别的永远不能公之于众的原因。"

波洛轻声说:"我认为,你是一个非常谨慎的女人,奥布莱恩护士。"

"我不是一个喜欢谈论他人私事的人。"

波洛关切地看着她,继续说:"你和霍普金斯护士,你们是不是已经达成一致,有些事情最好不要让它们暴露到光天化日之下?"

奥布莱恩护士说:"你这么说是什么意思?"

波洛急忙说:"和案子无关——不是犯罪。我的意思是——其他的事情。"

奥布莱恩护士点了点头:"没有必要搅动一潭死水,把这些老掉牙的事情都翻出来。她是个体面的老夫人,丑闻向来与她绝缘,她一直深受大家爱戴和尊敬。"

波洛赞同地点了点头。他小心翼翼地说:"正如你说的,韦尔曼夫人在梅登斯福德备受尊敬。"

谈话出现了一个意想不到的转折,但他的脸上没有表示任何惊讶和疑惑。

奥布莱恩护士接着说:"这是很久以前的事了。所有当事人都已经去世,被人遗忘。我自己对罗曼蒂克的爱情心生向往,我总是说,过去那些妻子关在疯人院的男人真是不容易,一辈子被束缚在这样的婚姻里,只有死亡才能让他解脱。"

波洛尽管还是一头雾水，但他仍然低声应道："是的，是不容易。"

奥布莱恩护士说："霍普金斯护士有没有告诉你她的信和我的信交错寄到的事？"

波洛实话实说："她没有告诉我。"

"那真是个神奇的巧合。不过，世事总是如此！你听说了一个名字，也许，过一两天后你会再听到，诸如此类。那天我在钢琴上看到了那张照片，与此同时，霍普金斯护士从医生的管家那里听说了整件事的来龙去脉。"

"那可真有趣。"波洛说。

他又试探地低声问："玛丽·杰拉德知道这件事吗？"

"谁会告诉她呢？"奥布莱恩护士说，"不是我——也不是霍普金斯。毕竟，对她有什么好处呢？"

她把头一扬，定定地看着他。

波洛叹了口气，说："是的，有什么好处呢？"

第十一章

埃莉诺·卡莱尔……

一张桌子,隔开了两人。波洛用探询的目光看着桌子对面的埃莉诺。

他们单独在一起,警卫透过玻璃监视着他们。

波洛注意到她有一张聪明敏感的脸,宽阔白皙的额头,耳朵和鼻子的轮廓十分精致。看得出来,这是一个高傲而敏感的人,有着良好的教养和自制力。另外还有一些别的东西——某种激情。

他说:"我是赫尔克里·波洛。彼得·洛德医生派我来的,他觉得我可以帮你。"

埃莉诺·卡莱尔说:"彼得·洛德……"

她的语气像是在回忆。过了一会儿,她微微一笑,客气地说:"他真好心,但是我觉得你做不了什么。"

波洛说:"你能不能回答我一些问题?"

她叹了口气,说:"相信我,真的,最好还是什么都不要问。有可靠的人帮我,塞登先生一直十分帮忙,他为我请了一个非常有名的律师。"

波洛说:"他不如我有名!"

埃莉诺·卡莱尔带着淡淡的倦意说:"他名气很大。"

"是的,在为罪犯辩护方面。而我的伟大声誉在于证明清白。"

她终于抬起了眼睛——生动而美丽的蓝眼睛。它们直视着波洛的眼睛。她说:"你相信我是无辜的?"

波洛说:"你是无辜的吗?"

埃莉诺笑了,那是一抹讽刺的微笑。她说:"你的问题就是这样的吗?回答'是的'不是很容易的吗?"

他出人意料地说:"你很累了,是不是?"

她的眼睛睁大了一点,回答说:"哦,是的——这比什么都累。你怎么知道的?"

赫尔克里·波洛说:"我知道……"

埃莉诺说:"当这一切结束的时候,我会很高兴。"

波洛默默地看了她一分钟。然后他说:"我已经见过你的表哥,为了方便我能不能这样称呼他——也就是罗德里克·韦尔曼先生?"

一丝红晕爬上那苍白而高傲的面孔。他立即知道他的一个问题不需要问就已经有答案了。

她的声音在微微地颤抖,她说:"你见过罗迪?"

波洛说:"他在尽自己最大的努力帮你。"

"我知道。"

她语速很快,声音温柔。

波洛说:"他贫穷还是富有?"

"罗迪?他自己没多少钱。"

"他生活奢侈吗?"

她几乎是心不在焉地回答:"我们俩都没有想过这有什么关系。我们知道总有一天……"

她停了下来。

波洛赶紧说:"你们指望着将来继承的遗产?这是可以理解的。"

他接着说:"也许,你已经听说了你姑姑的尸检结果。她死于吗啡中毒。"

埃莉诺·卡莱尔冷冷地说:"我没有杀她。"

"你有没有帮助她自杀?"

"我有没有帮助?原来如此。不,我没有。"

"你知道你姑姑没有立遗嘱吗?"

"不,我不知道。"

她的声音平平的,近乎呆滞。回答是机械的,提不起任何兴趣。

波洛说:"那你自己呢,你有没有立遗嘱?"

"有的。"

"你是在洛德医生和你谈起遗嘱的那天立的吗?"

"是的。"红晕再次掠过她的脸颊。

波洛说:"你怎么处理你的财产,卡莱尔小姐?"

埃莉诺平静地说:"我把一切都留给了罗迪——罗德里克·韦尔曼。"

波洛说:"他知不知道?"

她迅速说:"当然不知道。"

"你没跟他商量吗?"

"当然没有。他会觉得非常尴尬的,而且他会很不喜欢我这么做。"

"还有谁知道你的遗嘱的内容?"

"只有塞登先生,我想,还有他的雇员。"

"是塞登先生帮你起草遗嘱的吗?"

"是的。我写信给他,就在当天晚上——我指的是洛德医生跟我说起这件事的那天晚上。"

"你自己寄的信?"

"不是。这封信和其他的信一起放在家里的寄信箱里。"

"你写好信，把信装进信封，封好，贴上邮票，并把它放箱子里，是这样吗①？你没有停下来想一想？把信再看一遍？"

埃莉诺盯着波洛，说："是的，我又看了一遍。我去找邮票。等我拿着邮票回来的时候，我又读了一遍信，以确保我已经把意思说清楚了。"

"有谁和你一起在房间里吗？"

"只有罗迪。"

"他知道你在做什么吗？"

"我告诉过你，他不知道。"

"当你离开房间的时候，会不会有人看了那封信？"

"我不知道。你是指某个仆人吗？我想，如果我离开房间的时候，他们恰好进来，是有机会的。"

"在罗德里克·韦尔曼先生进来之前吗？"

"是的。"

波洛说："他有没有可能也看了信？"

埃莉诺的声音清晰，带着轻蔑。她说："我可以向你保证，波洛先生，你所称呼的我的'表哥'，绝不会偷看别人的信。"

波洛说："我知道，这是大家公认的想法。但如果知道有多少人做了'绝不会做的'事情，你会大吃一惊的。"

埃莉诺耸耸肩膀。

波洛不动声色地说："是不是在那一天，你第一次有了杀死玛丽·杰拉德的想法？"

埃莉诺·卡莱尔的脸第三次红了。这一次，一直烧到了耳后。

---

①原文为法语。——译者注

她说:"是彼得·洛德告诉你的吗?"

波洛温和地说:"是不是就在那个时候?你从窗户里望进去,看见她正在写遗嘱。是不是就在那时,你突然觉得,要是玛丽·杰拉德刚好死了,将会多么有趣——而且多么方便啊?"

埃莉诺压着嗓子低声说:"他知道,他一看见我就知道……"

波洛说:"洛德医生知道很多事。那个一脸雀斑、有着茶色头发的小伙子不是傻瓜。"

埃莉诺轻声问:"这是真的吗,他请你来——帮我?"

"这是真的,小姐。"

她叹了口气,说:"我不明白。真的,我不明白。"

波洛说:"听着,卡莱尔小姐。你必须告诉我,玛丽·杰拉德死的那天发生的事,你在哪里,做了什么。不止如此,我还要知道一切,包括你的想法。"

她凝视着他。然后她的嘴角慢慢地浮现一抹古怪的微笑。她说:"你一定是个非常单纯的人。难道你不知道我要骗你是多么容易吗?"

波洛平静地说:"没关系。"

她一脸困惑。"没关系?"

"是的。谎言,小姐,告诉听者的内容丝毫不亚于真话。有时甚至透露得更多。来吧,现在开始吧。你碰到了你的好管家,毕索普太太。她想要和你一起来庄园帮你。你没答应她。为什么呢?"

"我想一个人待着。"

"为什么?"

"为什么?为什么?因为我想静静地想一想。"

"你要想一想。好吧。之后你做了什么?"

埃莉诺挑衅似的抬起下巴,说:"我买了一些做三明治的肉糜。"

"两罐吗?"

"两罐。"

"然后你去了 H 庄园。你在那儿做了些什么?"

"我去了楼上我姑姑的房间,开始清理她的东西。"

"你发现了什么?"

"发现?"她皱起了眉头,"衣服,旧的信件,照片,珠宝首饰。"

波洛说:"没有秘密?"

"秘密?我不明白你的意思。"

"那就让我们继续。接下来呢?"

埃莉诺说:"我下楼到厨房,切好三明治。"

波洛轻声说:"你那时在想什么?"

她的蓝眼睛突然闪过一丝光。她说:"我在想和我同名的阿基坦的埃莉诺……"①

波洛说:"我完全了解。"

"你了解?"

"哦,是的。我知道这个故事。她是不是向丈夫的情妇罗莎蒙德提出两种选择:匕首或毒药。罗莎蒙德选择了毒药……"

埃莉诺什么都没说,脸色一片惨白。

波洛说:"不过,这次没有选择……继续说,小姐,接下来怎样?"

埃莉诺说:"我把三明治做好放在盘子里,然后就去了门房。霍普金斯护士和玛丽在那里。我告诉她们我在大宅里做了一些三明治。"

波洛看着她。他轻声说:"是的,然后你们就一起到大房子里

---

①阿基坦的埃莉诺:阿基坦女公爵,先后做过法国国王路易七世和英格兰国王亨利二世的王后。——译者注

来了,是不是?"

"是的。我们在晨间起居室吃了三明治。"

波洛还是用温和的声调说:"是的,是的——宛如一场梦……然后……"

"然后?"她瞪大了眼睛。"我留下她一个人站在窗前。我去了厨房。这一切至今仍然像你说的那样像在梦中……护士在那里洗东西……我把放鱼糜的罐子给她。"

"是的,是的。然后发生了什么呢?你接下来怎么想的?"

埃莉诺犹如还在梦中似的说:"护士的手腕上有一个伤痕。我问她是怎么回事,她说是被门房花架上的玫瑰刺到了。门房的玫瑰……罗迪和我很久以前曾经吵了一架——关于玫瑰战争。我支持兰开斯特家族,而他支持约克家族。他喜欢白玫瑰。我说,白玫瑰不真实——它们甚至没有香味!我喜欢红玫瑰,又大又红,像天鹅绒一般的触感,具有夏日的芳香。我们的争吵愚蠢极了。你看,所有的回忆都涌上了心头。在那个厨房里,还有一些东西消散了——那种恶毒的恨意,无影无踪了。想起我们曾经一起玩耍的无忧无虑的童年。我不恨玛丽了。我不想她死。"

她停了下来。

"可是后来,当我们回到晨间起居室时,她已经快死了……"

她停住了。波洛非常认真地盯着她看。她满脸通红地说:"你还要问我,我有没有杀了玛丽·杰拉德吗?"

波洛站了起来。他迅速说道:"我没什么要问你的了。有些事情我也不想知道……"

第十二章

1

洛德医生如约来到火车站。波洛从车上下来。他穿着尖头漆皮皮鞋，看上去伦敦味十足。

彼得·洛德焦急地观察着波洛的脸，但波洛面无表情。

彼得·洛德说："我已经尽我所能找到了你提出的问题的答案。首先，玛丽·杰拉德是七月十日离开这里前往伦敦的。第二，我没有管家，只有几个经常咯咯傻笑的姑娘帮我收拾屋子。我想你说的一定是斯莱特里太太，她是兰塞姆（我的前任医生）的管家。如果你愿意，今天早上我就可以带你去见她。我已经安排好了，她会在家等你。"

波洛说："好的，我觉得最好先见见她。"

"接下来你说想去 H 庄园。我可以和你一起去。你竟然还没有去过那里。我想不通上次你来这里的时候为什么不去呢？像这种情况，我觉得首先要做的事情不是要去案发现场看一看吗？"

波洛的头向一边微微一侧，问道："为什么？"

"为什么？"彼得·洛德对这个问题相当困惑，"这不是通常的做法吗？"

波洛说："人可不能拿着教科书照葫芦画瓢！而是要靠自己的

天赋才智。"

彼得·洛德说:"你也许可以在那里发现一些线索。"

波洛叹了口气。"你侦探小说读得太多了。你们国家的警察是很令人钦佩的。我毫不怀疑,他们已经仔细地搜查了房子的里里外外。"

"搜到的都是对埃莉诺·卡莱尔不利的证据,而不是对她有利的证据。"

波洛叹了口气。"我亲爱的朋友,警方可不是怪物!埃莉诺·卡莱尔被逮捕,是因为发现了足够的证据都对她不利。可以说,这些证据极其有力。我去把警察已经仔细搜查过的地方再翻一遍也没有用。"

"但是,你怎么现在又想去了呢?"彼得抗议道。

波洛点了点头。他说:"是的,现在有必要去了。因为现在我知道我要找的是什么。我们在用眼睛之前必须先用自己的大脑细胞理解事物。"

"那你觉得有什么东西还在那儿?"

波洛温和地说:"是的,我觉得我们能够找到某些东西。"

"它能证明埃莉诺的清白?"

"啊,我可没那么说。"

彼得·洛德停下了脚步。"你不会还认为她有罪吧?"

波洛严肃地说:"在你得到这个问题的答案之前,我的朋友,你必须耐心等待。"

2

波洛和医生在一间令人心旷神怡、窗户朝着花园的方形房间里共进午餐。

洛德说:"你从老斯莱特里那里问到你想知道的事情了没有?"

"问到了。"

"你向她打听什么?"

"闲话!谈谈过去。有些犯罪根源在于过去。我觉得这个案子也是。"

彼得·洛德烦躁地说:"你的话我一个字也听不懂。"

波洛笑了。他说:"这鱼真是新鲜美味。"

洛德不耐烦地说:"那还用说。今天早上早饭前我亲自钓的。听我说,波洛,能不能透露点你的想法给我?为什么让我在黑暗中摸索?"

波洛摇摇头。"因为目前我自己都还没有找到光。我一直被这个问题阻挡,没有人有任何理由要杀死玛丽·杰拉德——除了埃莉诺·卡莱尔。"

彼得·洛德说:"你不能确信这一点。别忘了,她在国外也待过一段时间。"

"是的,是的,我已经做过调查。"

"你亲自去了德国吗?"

"我自己,没有。"波洛微微一笑,补充道,"我有我的探子!"

"你能信得过其他人吗?"

"当然可以。我用不着自己东跑西跑,做着外行的事情,只用花点小钱就可以请专业人士来做,何乐而不为呢。我可以向你保证,亲爱的朋友,我可是有不少资源。我有一些能干的助手,其中一个人以前是小偷。"

"你用他来干什么?"

"我最近派他干的事是全面细致地搜查了韦尔曼先生的公寓。"

"你让他找什么?"

波洛说:"一个人总是喜欢知道别人到底对他说了什么谎话。"

"难道韦尔曼对你撒谎了?"

"绝对是的。"

"还有谁对你撒谎了吗?"

"我认为,每个人都如此:奥布莱恩护士的浪漫,霍普金斯护士的固执,毕索普太太的恶毒。还有你自己——"

"老天!"彼得·洛德毫不客气地打断他,"你不会真的觉得我骗了你吧?"

"目前还没有。"波洛承认。

洛德医生瘫坐在椅子。他说:"波洛,你真是个多疑的家伙。"

然后他说:"如果你已经吃完了,我们可以动身去H庄园了吗?我晚些时候还有几个病人要看,之后要做手术。"

"悉听尊便,我的朋友。"

他们步行出发,从后门进入庄园。

半路上他们碰到一个高挑而英俊的年轻人推着手推车。他用手扶了扶帽子恭敬地向洛德医生致意。

"早上好,霍利克。波洛,这是霍利克,这儿的园丁。那天早上他在这里工作。"

霍利克说:"是的,先生,没错。那天早上我见到埃莉诺小姐,还和她说过话。"

波洛问:"她对你说什么了?"

"她告诉我房子要卖了,那可真把我吓了一跳,先生。但埃莉诺小姐说,她会帮我跟萨默维尔少校说情,那样也许他会继续留用我的,只要他不嫌我当头儿太年轻,而且看在我这些年在这里在斯蒂芬斯先生手下受过的良好训练的分上。"

洛德医生说:"她看起来和平常一样吗,霍利克?"

"啊,是的,先生,不过她看起来有点兴奋,就像有什么心事。"

波洛说:"你认识玛丽·杰拉德吗?"

"哦,是的,先生。但不是很熟。"

波洛说:"她什么样?"

霍利克一脸疑惑。"什么样,先生?你的意思是她长什么样子?"

"不完全是。我的意思是,她是个什么样的姑娘?"

"哦,先生,她是一个非常出众的女孩。说话斯文,举止优雅。应该说,她自视很高。你知道的,老韦尔曼夫人在她身上花了很多心血。这让她的父亲很生气。他整天气呼呼的,就像一头愤怒的熊。"

波洛说:"从我听说的来看,那老头子不是个好脾气的人,对吗?"

"是的,他确实不是。总是抱怨,一天到晚骂骂咧咧。几乎没对你说过什么好听的话。"

波洛说:"那天早上你在这里。具体在什么地方干活?"

"大多时间在菜园里,先生。"

"从那儿看不到大房子吧?"

"看不到,先生。"

彼得·洛德说:"如果有人到大房子里去,走到厨房的窗口,你看不见他们吧?"

"是的,我看不到,先生。"

彼得·洛德说:"你是什么时候去吃饭的?"

"一点钟了,先生。"

"你有没有看见什么,什么人在这附近走动,或外面停着的车子,诸如此类的?"

年轻人听后眉毛吃惊地向上一扬。"后门外面吗,先生?除了你的车在那里外,没有别的。"

彼得·洛德喊道:"我的车?那不是我的车!那天早上我去威森伯里那边了,直到两点才回来。"

霍利克一脸疑惑。"我肯定那是你的车子,先生。"他不解地说。

彼得·洛德连忙说:"哦,没关系。再见吧,霍利克。"

他和波洛继续往前走。霍利克呆呆地望着他们的背影片刻,然后慢慢地继续推着他的手推车走了。

彼得·洛德压低声音,但是非常兴奋地说:"终于发现一些事了。那天早上停在车道上的车是谁的?"

波洛说:"你的车是什么样的,我的朋友?"

"福特10型,海绿色。这种车很常见。"

"你确定不是你的?你会不会搞错了日子?"

"百分百确定。我在威森伯里忙完,回来已经很晚了,匆匆吃了几口午饭,就接到电话说玛丽·杰拉德出事了,我立刻赶了过来。"

波洛轻声说:"这样看起来,我的朋友,我们终于得到一些切实的信息了!"

彼得·洛德说:"那天早上有人在这里,那人不是埃莉诺·卡莱尔,也不是玛丽·杰拉德,也不是霍普金斯护士。"

波洛说:"这非常有趣。来吧,让我们调查调查。想想看,假设一个男人(或女人)希望接近房子而不被人看到,他要怎么办。"

在行车道的半路上,有一条小径穿过灌木分叉出来。他们走上了这条小径,在一个拐弯处,彼得·洛德抓住波洛的手臂,指着一个窗户。

他说:"这就是埃莉诺·卡莱尔做三明治的那个厨房的窗户。"

波洛喃喃说道:"从这里,任何人都可以看到她在切三明治。如果我没记错的话,窗户当时是开着的吧?"

彼得·洛德说:"是完全敞开的。别忘了,那天天气非常热。"

波洛若有所思地说:"那么,如果有人想偷看什么又不想别人发现,这里是一个好地方。"

于是两个人就在这块地方搜索起来。彼得·洛德说:"这儿有个地方——在这些灌木丛后面。有些植物被踩坏了,现在又重新长出来了,不过你还是可以清楚地看出被踩过的痕迹。"

波洛也站到他身旁。他思忖道:"是的,这是个好地方。从小径那儿看不到这里,但灌木丛又给站在这里的人一个好视野,可以清楚地看见窗户。那么,我们的这个朋友,他站在这里,做了什么呢?他抽烟了吗?"

他们弯下腰,检查地面,拨开树叶和树枝。突然波洛发出一声呼喊。

彼得·洛德听到呼声直起腰来。"你找到了什么?"

"一个火柴盒,我的朋友。空的火柴盒,被重重地踩到泥地里,已经又湿又破了。"

他小心翼翼地捡起火柴盒,从口袋里掏出一张便条纸,把火柴盒放在上面。

彼得·洛德说:"这是外国的。我的天!德国的火柴!"

波洛说:"玛丽·杰拉德最近刚从德国回来!"

彼得·洛德欣喜地说:"我们终于找到了点东西!你不能否认吧。"

波洛慢慢地说:"也许吧。"

"可是,该死的,伙计。这附近到底是谁有外国火柴呢?"

赫尔克里·波洛说:"是啊,是啊。"

他困惑的双眼从灌木的缝隙中望向窗户。他说:"事情不像你想的那么简单。有一个很大的难点。你自己看不出来吗?"

"是什么？快告诉我。"

波洛叹了口气。"如果你看不出来就算了，来吧，我们往前走。"

他们继续向房子走去。彼得·洛德用钥匙打开了后门。

他在前面带路，穿过洗涤室进入厨房，走过一条通道，通道的一边是衣帽间，另一边是仆役长的餐具室。两人环顾餐具室。

餐具室里有常见的玻璃推拉门橱柜，里面摆放玻璃器皿和瓷器。上面的架子上放着一个煤气炉、两个水壶和两个分别标注着茶和咖啡的小罐子。还有水槽、沥水板和洗碗盆。窗口摆着一张桌子。

彼得·洛德说："埃莉诺·卡莱尔就是在这张桌子上切的三明治。吗啡的标签残片是在水槽下方的地板裂缝里发现的。"

波洛若有所思地说："警方搜查得很仔细。他们不会漏掉多少东西。"

彼得·洛德激动地说："没有证据表明埃莉诺动过那管吗啡！我告诉你，有人从灌木丛那里偷偷监视她。等她去门房那里的时候，他逮到了机会偷偷溜进来，打开瓶塞，取了一些吗啡药片研成粉末，把它们放到三明治上面。他没有注意到自己从药瓶上蹭掉了一点标签，而且掉到了地板裂缝里。他匆匆离开，发动他的车逃走了。"

波洛叹了口气。"你还是看不出来！一个聪明人怎么能够这么笨呢，真是不可思议。"

彼得·洛德生气地问："你的意思是说，你不相信有人站在灌木丛那儿偷看这个窗户吗？"

波洛说："不，我相信。"

"那么我们就必须找出那个人是谁！"

波洛喃喃道："我想，我们不必费多少力气。"

"你的意思是说你知道是谁吗？"

"我有一个大概的想法。"

彼得·洛德慢慢地说："看来你在德国的探子确实给你带来了一些东西。"

波洛敲了敲自己的额头："我的朋友，所有的东西都在这里，在我的头脑里。来吧，让我们到这房子里转一转。"

3

最后他们来到玛丽·杰拉德死去的那个房间。

房子里面有一种奇怪的气氛，伴随着回忆和预感，房子似乎也活了过来。

彼得·洛德打开了一扇窗户。他打了一个冷战，说："这个地方感觉就像一座坟墓。"

波洛说："如果墙会说话就好了。一切都在这里发生的，是不是，这间房子是整个故事的开端。"

他停了一下，然后轻声说："玛丽·杰拉德是在这个房间里死的吗？"

彼得·洛德说："她们发现她的时候，她就坐在窗户下的这把椅子里。"

波洛若有所思地说："一个年轻女孩，美丽，浪漫。她有没有心机和阴谋？她是不是个爱出风头的大小姐？还是她温柔甜美，没有心计，只是一个人生刚刚开始的年轻人，像花儿一样的女孩？"

"不管她是什么样的人，"彼得·洛德说，"有人想她死。"

波洛喃喃道："我很好奇——"

洛德盯着他问："什么意思？"

波洛摇摇头。"没有。"

他转过身。"我们一直都在大房子里转，能看的都已经看过了。

我们到门房那儿去瞧瞧吧。"

门房里的一切同样井井有条，尽管房间里落满了灰尘，但十分整洁，个人的物品都已经被清理掉了。两人只在里面待了几分钟。当他们来到外面的阳光下，波洛伸手摸了摸花架上玫瑰的叶子。那是粉红色的玫瑰，气味芳香。他喃喃地说："你知道这种玫瑰的名字吗，我的朋友？这是泽芙琳·朵格欣玫瑰。"

彼得·洛德不耐烦地说："那又如何？"

波洛说："我去见埃莉诺·卡莱尔时，她和我提到了玫瑰。就在那时，我开始有些明了，不是太阳的光芒，而是一丝微光，就像一列火车将要驶出隧道时看到的那样。虽然还称不上昭昭白日，但已经初现曙光。"

彼得·洛德焦急地说："她跟你说了什么？"

"她和我讲述了她的童年，在这个花园里玩耍，她和罗德里克·韦尔曼如何各自支持不同的一方。他们是敌人，因为他更喜欢约克家族的白玫瑰——冷酷而严峻，而她自己，她告诉我，更爱红玫瑰，兰开斯特家族的红玫瑰。红玫瑰芳香馥郁，色彩浓烈，热情而温暖。而这，我的朋友，正是埃莉诺·卡莱尔和罗德里克·韦尔曼之间的区别。"

彼得·洛德说："这说明了什么？"

波洛说："这说明了埃莉诺·卡莱尔是个充满激情和骄傲的女子，疯狂地爱上了一个不可能爱她的男人。"

彼得·洛德说："我真搞不懂你。"

波洛说："但我懂她。我懂他们两个。现在，我的朋友，我们再回到灌木丛边的那个小空地吧。"

他们一路沉默着走去那里。彼得·洛德那张长满雀斑的脸上全是不安和愤怒。

当他们来到空地,波洛一动不动地站了好一会儿,彼得·洛德看着他。

突然,小个子侦探懊恼地叹了口气。他说:"多么简单啊,真的。难道你没发现,我的朋友,你的推理有个致命的谬误?按照你的理论,有个人,想必是个男人,在德国认识了玛丽·杰拉德,寻到了这里意图杀害她。但是你看,我的朋友,看清楚!用你身体上的两只眼睛看清楚,因为心灵的眼睛似乎并不起作用。你从这里看到了什么?一扇窗户,是不是?而在这扇窗户里是一个姑娘。一个姑娘在切三明治。也就是说,埃莉诺·卡莱尔。但是你想一想:这个偷看的人怎么会知道那些三明治是打算给玛丽·杰拉德吃的?没有人知道这一点,没有人!除了埃莉诺·卡莱尔自己!就连玛丽·杰拉德也不知道,霍普金斯护士也不知道。

"所以接下来,如果有人站在这里偷看,如果他后来去了那个窗户,爬上去对三明治动了手脚?他是怎么想的呢?他会想,他一定想的是,这个三明治是要给埃莉诺·卡莱尔吃的。"

第十三章

波洛敲了敲霍普金斯护士小屋的门。她打开门,嘴里还塞着巴斯圆面包。

她语气严厉地说:"哟,波洛先生,你又来干什么?"

"我可以进来吗?"

霍普金斯护士有点勉强地退后几步,波洛得以跨过门槛。霍普金斯护士好客地端出茶壶,一分钟后,波洛有些惊恐地看着面前的一杯漆黑的饮料。

"泡得刚刚好,又香又浓!"霍普金斯护士说。

波洛谨慎地搅了搅茶,鼓起勇气啜了一小口。他说:"你知道我为什么来这儿吗?"

"你不告诉我,我怎么会知道。我又不会读心术。"

"我是来向你寻求真相的。"

霍普金斯护士猛地站起来。"你这话是什么意思,我倒想问问?我一直是个诚实的女人,从来不藏着掖着。我在审讯时就说了吗啡丢失的事,很多处在我相同位置的人可能会闭口不提。我很清楚这样一来我摆脱不了粗心大意的指责,可是毕竟,这事可能发生在任何人身上!我已经受到谴责了,这对我的职业声誉没有丝毫好处,我可以告诉你。但是,我并不在乎!我知道的跟这个案子有关的事情,我都讲出来了。多谢你了,波洛先生,留着你的肮脏的暗示吧!

关于玛丽·杰拉德的死,我没有什么隐瞒的,如果你不这么想,那就请明说吧,有什么证据都拿出来!我什么都没隐瞒,什么都没有!而且就算我到法庭上宣誓也会这样说。"

波洛没有试图打断她的话。他深谙对付一个生气的女人的办法。他让霍普金斯护士一吐为快,慢慢冷静下来。然后他才开口,语气沉静而温和。

他说:"我并没有暗示你隐瞒了和案子有关的事。"

"那你暗示的是什么,我倒想知道?"

"我请你说出真相,不是关于玛丽·杰拉德的死亡,而是她的人生。"

"噢!"霍普金斯护士似乎突然慌张起来。

她说:"这是你要问的事?但它和谋杀没有什么关系。"

"我并没有说它和谋杀有关。我是说你隐瞒了一些有关她的事。"

"如果和命案没有任何关系,我为什么不能不说?"

波洛耸了耸肩。"你为什么不说呢?"

霍普金斯护士涨红了脸,说:"因为这是人之常情!他们都死了,所有相关的人都死了。而且这不关其他任何人的事!"

"如果只是猜测,那或许确实如此。但如果你有确凿的证据,那就不一样了。"

霍普金斯护士慢慢地说:"我不知道你到底是什么意思。"

波洛说:"我可以帮你。我已经从奥布莱恩护士那里得到一些提示,我也和斯莱特里太太有过一次长谈,她对二十年前发生的事记得清清楚楚。我会一五一十地告诉你我所知道的。好吧,二十年前,有两个人相爱了。其中一方是韦尔曼夫人,她守寡有些年头了,是个充满激情、陷入热恋的女人。另一方是刘易斯·克罗夫特爵士,他极其不幸,有一个疯得无可救药的妻子。那时候的法律不允许他们离婚得以解脱,而克罗夫特夫人身体又非常健康,说不定可以活到九十岁。我想,那两人之间的关系惹人猜测,但他们都谨言慎行以保全体面。后来刘易斯·克罗夫特先生在战场上阵亡了。"

"然后呢?"霍普金斯护士说。

"我猜,"波洛说,"他去世后,一个孩子出生了,而这个孩子就是玛丽·杰拉德。"

霍普金斯护士说:"你好像什么都知道!"

波洛说:"这只是我的猜测。但是,你可能有确切的证据证明这一切。"

霍普金斯护士坐着沉默了一两分钟,皱着眉头,然后她突然站起来,走到房间的另一头,打开抽屉,拿出一个信封。她把信递给波洛。

她说:"我会告诉你这封信是怎么到了我的手上。告诉你,我早就怀疑了。韦尔曼夫人看着那女孩的神情就不对劲,后来又听到了一些流言。还有老杰拉德生病的时候告诉我,玛丽不是他的女儿。

"嗯,在玛丽去世后,我帮她清理完了门房,在一个装着那老头东西的抽屉里,我看到了这封信。你看看上面写的什么。"

波洛看着墨迹已经褪色的题词:"给玛丽——在我死后寄给她。"

波洛说:"这字不是最近写的吧?"

"这不是杰拉德写的,"霍普金斯护士解释说,"这是十四年前去世的玛丽的母亲写的。她本来是要给女儿的,但老头一直把信和他的东西藏在一起,所以女孩从来没有见过这封信,谢天谢地她没看到!她到死都能昂首挺胸,不用感到羞愧。"

她停了一下,然后说:"嗯,这封信原本是封着的,但是当我发现后,我向你坦白,我打开它看了,我知道这么做不应该。不过,玛丽已经死了，我多多少少能猜得到信里说的是什么，而且我觉得这事已经和任何人都不会有关系了。尽管如此，我并不想毁了这封信，我只是莫名觉得这么做是对的。拿去吧，你最好自己看看。"

波洛抽出信纸，上面用细密而棱角分明的字迹写着：

  我在这里写下一切真相，以备不时之需。我是亨特伯里庄园的韦尔曼夫人的侍女，夫人对我很好。我惹了麻烦，她帮助了我，在一切都结束后，让我回去继续服侍她，但孩子死了。我的女主人和刘易斯·克罗夫特先生相爱，但他们无法结婚，因为他早已有了妻子，住在疯人院，可怜的夫人。他是一个高尚的绅士，深爱韦尔曼夫人。他在战争中阵亡，不久后她告诉我她将要生下一个孩子。后来，她带着我一起去了苏格兰。孩子在那里出生——在阿德洛克里。鲍勃·杰拉德，就是那个当初我陷入麻烦时抛弃了我的人，又写信给我了。后来的安排是，我们结婚，住到门房，他要把孩子当作是我的。如果我们住在这个地方，那么韦尔曼夫人喜欢这个孩子就显得自然，她可以给她良好的教育，让她在世上有一席之地。她认为不让玛丽知道事情的真相会更好。韦尔曼夫人给了我们两人一大笔钱，但即使没有钱我也会帮她的。我和鲍勃过得很幸福，但他从来都不喜欢玛丽。我守口如瓶，从来没有任何人透露过一丝一毫，但我觉得万一我死了，应该把这件事白纸黑字地写下来。

伊丽莎·杰拉德（婚前名伊丽莎·莱利）

波洛深深地吸了一口气，重新把信叠好。

霍普金斯护士焦急地说："你打算怎么办呢？他们都已经死

了！再把这些事扒出来没什么好处。这儿的每个人都尊敬韦尔曼夫人,从来没有说过她坏话。而这一切昔日的丑闻——将是很残酷的。对玛丽也是一样。她是个可爱的姑娘。为什么要让大家知道她是个私生女?让死者安息吧,这就是我的意思。"

波洛说:"我们还要考虑活着的人。"

霍普金斯护士说:"但这和谋杀并没有什么关系。"

波洛严肃地说:"它可能有重大的关系。"

他走出小屋,留下张口结舌的霍普金斯护士呆呆地瞪着他离去。

他走了一段路,才察觉有个犹豫不决的脚步跟在他后面。他停下脚步,转过身来。

是霍利克,H庄园年轻的园丁。他看起来手足无措,手拿着帽子团团转。

"对不起,先生。我能和您谈谈吗?"

霍利克一边说话一边大口地喘着气。

"当然可以。什么事?"

霍利克把帽子揉得更加厉害了。他避开眼神的接触,一副痛苦窘迫的样子。

"是关于那辆车。"

"那天早上停在后门外的车吗?"

"是的,先生。今天早上洛德医生说不是他的车,但它就是的,先生。"

"你肯定吗?"

"是的,先生。因为车牌号码,先生。那辆车的号码是MSS 2022。我特别注意到了——MSS 2022。你瞧,村里人都认识这辆车,我们管它叫突突小姐!我非常确定是这辆车,先生。"

波洛带着淡淡的笑意说:"但洛德医生说,他那天早上去威森伯里了。"

霍利克痛苦地说："是的,先生。我听见他说的了。但是,这就是他的车,先生。我可以对天发誓。"

波洛温和地说："谢谢你,霍利克,你做得对。"

第三部分

第一章

1

法庭上很热吗?还是很冷?埃莉诺·卡莱尔不能确定。有时她觉得灼热,随即又冷得战栗。

她没有听到控方律师的结辩陈词。她的思绪完全回到了过去,她慢慢地再次回顾了一遍整个事情的经过,从收到那封可怕的信开始,到那个胡子刮得干干净净的警察以流利得可怕的语气说:

"埃莉诺·凯瑟琳·卡莱尔,我这里有一份你的逮捕令,你被控于今年七月二十七日以下毒的方式谋杀了玛丽·杰拉德。我必须提醒你,你说的每句话都将记录在案,并有可能作为呈堂证供。"

太可怕了,如此流利。她觉得自己被一台四平八稳、运转流畅的机器逮捕,冷冰冰的,不带一点感情。

而现在,她竟然站在被告席上,众目睽睽之下,数百双眼睛无情又残忍地看着她,写满了幸灾乐祸。

只有陪审团不看她。他们似乎不好意思,故意把目光看向别处。她想,这是因为他们知道自己马上要说什么。

2

现在是洛德医生在做证。这是那个彼得·洛德吗？在H庄园那个满脸雀斑、高高兴兴、格外友善的年轻医生吗？他现在却板着脸。公事公办的样子。他的回答简单明了。他被电话叫去H庄园，但是已经太晚了，做什么都没用了，玛丽·杰拉德在他到达几分钟后就死了。死亡的症状，依他看来，符合一种不太常见的吗啡中毒现象，这种吗啡是"猝死性"品种。

埃德温·布尔默爵士起身质询。

"你是已故的韦尔曼夫人的主治医生吗？"

"是的。"

"今年六月你拜访H庄园期间，有没有看见被告和玛丽·杰拉德在一起？"

"见过好几次。"

"你怎么描述被告对玛丽·杰拉德的态度？"

"相当愉快自然。"

埃德温·布尔默爵士略有些不屑地微微一笑："你从来没见过任何其他人提到很多次的那种'嫉恨'的迹象吗？"

彼得·洛德一咬牙，坚定地说："没有。"

埃莉诺想，可是他见过。他为了我而说了谎。他知道的。

彼得·洛德之后的一位证人是法医。他的证词更长、更详细。死亡原因是一种"猝死性"品种的吗啡中毒。他能否解释一下这个词的意思？他似乎很乐意这样做。吗啡中毒引起的死亡可能导致几种不同的表现症状。最常见的是先有一段时间的高度兴奋，继而嗜睡昏迷，眼睛的瞳孔收缩。

另一种症状不那么常见，法文称之为"猝死性"。在这种情况下，大约十分钟内,就会陷入昏睡,眼睛的瞳孔通常会放大……

3

法庭短暂休庭后重新开庭。接下来几个小时都是医学专家做证。著名病理分析师阿兰·加西亚医生津津有味地用满篇的术语解释了死者胃里的残留物。面包、鱼糜、茶、吗啡,等等——更多专业术语和各种小数点。死者服下的剂量估计有四格令[①]。而一格令的剂量就足以致命。

埃德温爵士仍然面无表情地站起来。"我希望能厘清一件事。你在死者胃里发现的除了面包、黄油、鱼糜、茶和吗啡之外,还有没有其他食物残留?"

"没有了。"

"也就是说,死者在死前一段时间里,只吃过三明治和茶,是吗?"

"是这样。"

"有没有什么证据可以表明什么东西是吗啡的特定载体?"

"我不太明白你的意思。"

"我把这个问题简化一下。吗啡有可能是放在鱼糜里,或者在面包里,或者是面包夹的黄油里,或者茶里,或者加到茶里的牛奶里吗?"

"当然。"

"有没有特殊的证据表明,吗啡是放在鱼糜里,而不是其他媒介里吗?"

---

①重量的最小单位,1格令等于0.065克。——译者注

"没有。"

"那么,事实上,吗啡也可能是单独服下的——也就是说,不放在任何载体里,是吗?它也可以是以其原本片剂的形式直接吞服,是吗?"

"是这样的,当然。"

埃德温爵士坐了下来。

塞缪尔·阿坦伯利爵士重新质询。

"尽管如此,依你看来,不管吗啡是以何种形式服下的,它是和其他食物在同一时间服用的,是吗?"

"是的。"

"谢谢你。"

4

布里尔警探机械而流利地宣誓。他以军人的笔挺姿态站在那里,用训练有素的自如态度说出他的证词。

"我接到报案来到庄园……被告说,'一定是鱼糜坏了'……我搜查了房间……一个已经洗过的鱼糜空罐子摆在厨房的沥水板上,另一个还剩一半……我又进一步搜查了餐具室……"

"你发现了什么?"

"在桌子后面的地板裂缝中,我发现了一小张纸片。"

证物展示给陪审员。

标签
吗啡。 CLOR
1/2 格令

"你认为那是什么？"

"印刷标签的碎片——像是贴在吗啡瓶子上的。"

辩护律师不慌不忙地站起来。

他说："你在地板缝里发现了这张纸片？"

"是的。"

"是某个标签的一部分吗？"

"是的。"

"你有没有发现其他的部分？"

"没有。"

"你有没有发现可能贴着这个标签的玻璃管或玻璃瓶？"

"没有。"

"你发现这个纸片的时候，它的状况如何？是干净的还是脏的？"

"它挺新的。"

"挺新的，这是什么意思？"

"表面上沾了一些地板的灰尘，但除此之外还是挺干净的。"

"它会不会在那里放了很长时间？"

"不会，应该是最近才掉在那里的。"

"那么，你是说它是在你发现它的那天才掉到那里的，而不是在那之前？"

"是的。"

埃德温爵士咕哝一声坐下了。

5

霍普金斯护士在证人席上，她的脸通红，一副兴奋自信的样子。

尽管如此,埃莉诺觉得霍普金斯护士也没布里尔警探那么可怕。布里尔警探令人胆寒的正是他的不近人情,就像是一个巨大机器的一部分。而霍普金斯护士有人类的情感——偏见。

"你的名字是杰西·霍普金斯吗?"

"是的。"

"你是一位职业社区护士,目前住在H庄园的玫瑰小屋,是吗?"

"是的。"

"今年六月二十八日你在哪里?"

"我在H庄园。"

"你是被人叫去的吗?"

"是的。韦尔曼夫人中风了,第二次中风。我去帮助奥布莱恩护士,直到他们找到第二个护士。"

"你随身带着一个小药箱吗?"

"是的。"

"告诉陪审团里面装着什么。"

"绷带、敷料、皮下注射器,还有一些药物,包括一管盐酸吗啡。"

"为什么带着吗啡?"

"村里有一个病人早晚都需要皮下注射吗啡。"

"管子里有多少剂量?"

"有二十片药片,每片含半格令盐酸吗啡。"

"你怎么处理你的药箱?"

"我把它放在门厅。"

"那是二十八日晚上。后来你是什么时候再次打开药箱的呢?"

"第二天早上大约九点钟,就在我准备离开房子的时候。"

"少了什么东西吗?"

"那管吗啡不见了。"

"你跟人提过这事吗?"

"我告诉了奥布莱恩护士,就是照顾病人的那个护士。"

"这个药箱就放在门厅,那儿总是人来人往的吧?"

"是的。"

塞缪尔爵士停了一下。然后他说:"你认识死去的那个姑娘玛丽·杰拉德吧,你们关系很亲密?"

"是的。"

"你对她有什么看法?"

"她是一个非常可爱的姑娘,一个好姑娘。"

"她性格开朗吗?"

"很开朗。"

"你知道她有什么烦恼吗?"

"没有。"

"在她去世的时候,有没有什么事让她烦心或是担心自己的未来吗?"

"什么都没有。"

"她应该没有理由自杀吧?"

"毫无理由。"

询问就这样继续——还是那个该死的故事。霍普金斯护士如何陪同玛丽去门房,埃莉诺出现,她激动的样子,邀请她们吃三明治,盘子最先递给玛丽。埃莉诺建议把餐具都洗干净,她还提议霍普金斯护士和她一起上楼,帮她整理衣服。

埃德温·布尔默爵士时不时地打断和抗议。

埃莉诺想。是的,这一切都是真的,她确信如此。她肯定是我杀的。而且她说的每一句话都是事实,这是最可怕的地方。都是真的。

再一次,她抬头朝法庭对面望去,她看到了赫尔克里·波洛的脸,他若有所思地望着她,那目光近乎和蔼可亲。他的目光里带着对她太多的理解。

一块粘贴着那片标签碎片的纸板交给了证人。

"你知道这是什么吗?"

"这是标签的碎片。"

"你能告诉陪审团是什么标签吗?"

"是的。这是装药片的管子上的标签的一部分。半格令吗啡,像我丢失的那个。"

"你确定吗?"

"我当然能确定,就是从我那管药上掉下来的。"

法官说:"是否有什么特殊的记号能让你认出它就是你丢失的那管药的标签?"

"没有,大人,不过它就是一模一样的。"

"实际上,你的意思是说它和你丢失的那个极其相似,对吗?"

"嗯,是的,我就是这个意思。"

法庭休庭。

第二章

1

又是新的一天。埃德温·布尔默爵士在进行交叉询问。他现在一点也不温和了。他严厉地说：

"关于这个我们一再提起的药箱，六月二十八日那天是整晚都放在H庄园的门厅吗？"

霍普金斯护士表示同意："是的。"

"这可太不小心了，不是吗？"

霍普金斯护士的脸红了。"是的，我想是这样。"

"你习惯把这些危险的药物随便乱放，让什么人都能拿到吗？"

"不，当然不是。"

"噢！不是？但你那天碰巧忘了是吗？"

"是的。"

"事实是不是如此，只要愿意，房子里的任何人都能够拿到那个吗啡？"

"大概是的。"

"不要猜测。是还是不是？"

"嗯，是的。"

"不是只有卡莱尔小姐能够拿到它吧？任何仆人都可以，对吧？

或者洛德医生？或者罗德里克·韦尔曼？或者奥布莱恩护士？或者玛丽·杰拉德自己？"

"大概是，是的。"

"就是如此，是不是？"

"是的。"

"有谁知道你的药箱里有吗啡吗？"

"我不知道。"

"那你有没有告诉任何人？"

"没有。"

"所以，事实上，卡莱尔小姐不可能知道那里有吗啡，是吗？"

"她也许已经看过了。"

"这不大可能的，不是吗？"

"我不知道，我肯定不知道。"

"有人可能比卡莱尔小姐更清楚吗啡在哪里。比如说，洛德医生。他应该知道。你使用吗啡是根据他的医嘱，是不是？"

"当然。"

"玛丽·杰拉德也知道你的药箱里有吗啡吗？"

"不，她不知道。"

"她经常去你的小屋，不是吗？"

"不是很经常。"

"我提醒你，她去得很频繁。而且她比大房子里的所有人都更有可能猜到你的药箱里有吗啡。"

"我不同意。"

埃德温爵士暂停了一分钟。"你在第二天早上告诉奥布莱恩护士吗啡不见了吗？"

"是的。"

186

"我提醒你,你实际上说的是,'我把吗啡忘在家里了。我得回去拿'。"

"不,我没有这样说。"

"你没说吗啡落在你的小屋的壁炉架上了吗?"

"嗯,因为我找不到它,所以我以为一定是忘在家里了。"

"其实,你并不真的知道你把它放哪儿了!"

"不,我知道的。我把它放在药箱里了。"

"那你为什么在六月二十九日早上说你忘在家里了?"

"因为我想也许有这个可能。"

"那我得说,你是个很粗心的女人。"

"这不是真的。"

"你有时陈述得相当不准确,不是吗?"

"不,不是的。我对自己说的话很谨慎。"

"你有没有说过七月二十七日,也就是玛丽·杰拉德去世的那天你被玫瑰的刺刺到了?"

"我不明白那和案子有什么关系!"

法官说:"这和案子有关吗,埃德温爵士?"

"是的,大人,这是辩护的重要部分,我打算传唤证人,以证明这种说法是骗人的。"

他继续问:"你还是坚持在七月二十七日,一株玫瑰上的刺刺伤了你的手腕吗?"

"是的,我坚持。"霍普金斯护士挑衅地看着律师。

"什么时候刺到的呢?"

"七月二十七日上午,就在离开门房到大房子里去的时候。"

埃德温爵士怀疑地说:"那株玫瑰是什么样的?"

"攀爬在门房外的花架上,开着粉红色的花朵。"

"你确定？"

"我相当确定。"

埃德温爵士停了一下，然后问："你坚持说六月二十八日你到H庄园来的时候，吗啡是在药箱里的？"

"是的。我随身带着它。"

"假定此刻奥布莱恩护士来到证人席，发誓说你说过你可能把它留在家里了，你要怎么说呢？"

"它在我的药箱里。我十分肯定。"

埃德温爵士叹了口气。"吗啡不见了，你不觉得不安吗？"

"不，我没有不安。"

"是吗，尽管大剂量的危险药物不见了，你竟然还是很放心？"

"我当时没想到是被人拿走了。"

"我懂了。你只是不记得你到底把它放哪儿了？"

"不是。我把它放药箱里了。"

"二十片半格令的药片，也就是说十格令的吗啡。足以杀死好几个人了，不是吗？"

"是的。"

"但是，你没有感到不安，甚至没有正式上报吗啡丢失一事？"

"我认为没问题的。"

"我请你考虑，如果你真的是一个有责任感的人，那么吗啡不见了，你应该正式报失。"

霍普金斯护士的脸很红，她说："嗯，我没有那么做。"

"这肯定是你的严重疏忽。看来你并不怎么负责任。你有没有经常把这些危险药品放错地方？"

"以前从来没有发生过。"

询问持续了好几分钟。霍普金斯护士心慌意乱，面红耳赤，自相矛盾,轻易地溃败于埃德温爵士的老辣技巧。

"七月六日,也就是星期四,死者玛丽·杰拉德是否立了一份遗嘱?"

"是的。"

"她为什么要这么做?"

"因为她觉得这是应该做的,就做了。"

"你确定那不是因为她心情沮丧,对未来没有把握才立的遗嘱吗?"

"胡说。"

"然而,这表明死亡的念头是曾出现在她脑海里,她考虑过这个问题。"

"根本没有。她只是认为这么做是对的。"

"是这份遗嘱吗?署名是玛丽·杰拉德,由糕点店的店员艾米莉·比格斯和罗杰·韦德作为证人,把她去世后所有的一切都留给玛丽·莱利,也就是伊丽莎·莱利的妹妹,对吗?"

"没错。"

遗嘱交给陪审团。

"据你所知,玛丽·杰拉德有什么财产吗?"

"当时没有,她没有财产。"

"但她不久后就会有?"

"是的。"

"是不是相当大的一笔钱?两千镑,卡莱尔小姐赠予玛丽的。"

"是的。"

"有没有什么强制的要求让卡莱尔小姐这样做呢?还是完全是她的慷慨举动?"

"她是自愿这么做,是的。"

"但是，如果说她像大家说的那样憎恨玛丽·杰拉德的话，她就不会心甘情愿地送给她一大笔钱吧。"

"这是有可能的。"

"你这样回答是什么意思？"

"没什么意思。"

"是吗？那么，你有没有听说关于玛丽·杰拉德和罗德里克·韦尔曼先生的任何闲话？"

"他喜欢上了她。"

"你有什么证据吗？"

"我就是知道而已，没有别的。"

"哦？你'就是知道而已'恐怕这对陪审团来说不是很有说服力。你是否曾经说过，玛丽拒绝过他，因为他和埃莉诺小姐有婚约在身，后来在伦敦又同样拒绝过他一次？"

"这是她告诉我的。"

再次轮到塞缪尔·阿坦伯利爵士发问："当玛丽·杰拉德和你一起讨论遗嘱的措辞时，被告是不是从窗外向里看？"

"是的，她是那么做了。"

"她说了什么？"

"她说：'这么说，你在立遗嘱，玛丽。这可真有趣。'她笑了起来。笑个不停。依我看，"证人恶狠狠地说，"就在那一刻，她心里动了念头。除掉那个姑娘的念头！就在那一刻她起了杀心。"

法官严厉地说道："请只针对询问的问题进行回答。后面的说法将在记录中删除。"

埃莉诺心想，多么奇怪。当有人说出真话时，他们却要删除。

她想歇斯底里地大笑一场。

2

奥布莱恩护士在证人席上。

"六月二十九日早上,霍普金斯护士有没有告诉你一件事?"

"是的。她说她的药箱里有一支装着盐酸吗啡的管子不见了。"

"你做了什么?"

"我帮她去找了。"

"但是你找不到?"

"是的。"

"据你所知,药箱整夜都放在门厅吗?"

"是的。"

"韦尔曼先生和被告两人在韦尔曼夫人去世的时候,都在大房子里吗,也就是在六月二十八到二十九日?"

"是的。"

"你能告诉我们,六月二十九日,也就是韦尔曼夫人去世后的那天发生了一件什么事吗?"

"我碰巧看见罗德里克·韦尔曼先生与玛丽·杰拉德在一起。他告诉她说他爱她,还试图亲吻她。"

"他当时和被告还有婚约吧?"

"是的。"

"之后发生了什么?"

"玛丽告诉他,他应该为自己感到羞耻,因为他已经和埃莉诺小姐订婚了!"

"依你看,被告对玛丽·杰拉德是什么感觉?"

"她恨她。她看着玛丽的神情好像要毁了她。"

埃德温爵士跳了起来。

埃莉诺想,他们为什么争吵呢?这有什么关系?

埃德温·布尔默爵士进行交叉询问:"霍普金斯护士是不是说过,她认为她把吗啡忘在家里了?"

"嗯,你瞧,是这样的。毕竟——"

"请回答我的问题。她是不是说过,她可能把吗啡忘在家里了?"

"是的。"

"当时她并没有真的为这事担心吧?"

"是的,她没有。"

"因为她认为她把吗啡落在家里了。所以很自然,她并没有感到不安。"

"她想不到有人会拿走它。"

"没错。直到玛丽·杰拉德因吗啡中毒而死,她的想象力才发挥作用。"

法官打断了他:"我认为,埃德温爵士,你已经在前一位证人的问话中表达过这一观点了。"

"遵命,阁下。

"那么,说到被告对玛丽·杰拉德的态度,她们两人有没有吵过架?"

"没有吵过架,没有。"

"卡莱尔小姐对那个姑娘一直是和颜悦色的吗?"

"是的。但她看她的神情不对。"

"是,是,是。不过我们不能依赖这种想象。我想,你是爱尔兰人?"

"是的。"

"而爱尔兰人想象力向来丰富,是不是?"

奥布莱恩护士激动地大叫起来:"我告诉你的每一个字都是真的。"

3

杂货商艾伯特先生站在证人席上。他感到慌张,没有自信(不过,稍微有点激动,觉得自己成了举足轻重的人物)。他的证词很短。被告那天买了两罐鱼糜。

被告曾说:"经常有鱼糜引起的食物中毒。"她看上去有些激动和古怪。

没有交叉询问。

第三章

1

辩护方开场陈词：

"陪审团的先生们，我想要向各位指出，本案并非针对被告。举证的责任在控方，到目前为止，在我看来，而且，我毫不怀疑地认为他们完全什么都没有证明！控方提出埃莉诺·卡莱尔取得了吗啡（在房子里的所有人都有同等的机会可以拿到吗啡，而且吗啡到底是否真的曾经在房子里还存在很大的疑问），继而毒害了玛丽·杰拉德。控方得出这样的结论完全依赖于机会。他们试图证明杀人动机，但我认为这恰恰是他们一直没能做到的。因为，各位陪审员，没有动机！控方提到破裂的婚约。我问问你们，一个破裂的婚约！如果一个破裂的婚约都能成为杀人的动机，那岂不是每天都要死人？而且这个婚约，我提醒你们，并不是出于什么冲昏头脑的激情，主要是出于家族利益考量而缔结的。卡莱尔小姐和韦尔曼先生青梅竹马，他们一直喜欢彼此，渐渐地发展为一种温暖的亲情，但我打算向你们证明，他们之间只是一种温暾的感情。"

（噢，罗迪，罗迪。一种温暾的感情？）

"此外，这桩婚事的解除并不是韦尔曼先生提出来的，而是被告。我向你们指出，埃莉诺·卡莱尔和罗德里克·韦尔曼之间的婚约订立主要是为了让老韦尔曼夫人高兴。她去世后,双方都意识到,他们的感情没有强烈到足以让他们进入婚姻的殿堂。不过,他们仍然是好朋友。此外,埃莉诺·卡莱尔继承了她姑姑的财富,出于善良的天性,她打算赠予玛丽·杰拉德相当可观的一笔钱。而她竟然被指控毒杀了那个女孩!整件事是一出闹剧。

"唯一对埃莉诺·卡莱尔不利的,就是下毒的场合。

"控方实际上说的是:

"除了埃莉诺·卡莱尔,没有人能够杀死玛丽·杰拉德。因此,他们不得不寻找一个可能的动机。但是,正如我对你说的,他们一直无法找到任何动机,因为根本没有。

"那么,这是真的吗,除了埃莉诺·卡莱尔,没有人能够杀死玛丽·杰拉德?不,不是的。有一种可能性是玛丽·杰拉德是自杀的。还有一种可能性就是有人趁埃莉诺·卡莱尔离开房子去门房的时候,偷偷在三明治里下毒。此外还有第三种可能性。这是一项基本的法律原则,如果相同的证据表明存在着另一种可能性的话,就必须宣告被告无罪释放。我要向各位指出,在这个案子中,还有一个人有同等的机会毒死玛丽·杰拉德,而且还有更充分的动机。我将会提出证据,证明给你们看,另有一人可以拿到吗啡,而且还有很好的动机杀害玛丽·杰拉德,我可以证明这个人有同样有利的机会这样做。我将向你们指出,世界上没有一个陪审团会给我的当事人定罪,因为证据只能证明她有机会而无动机,可是我能证明还有另一个人,不但有证据,还有令人无法忽视的动机。我也将传唤证人,以证明法庭的证人当中有人故意做伪证。但首先,我要传唤被告,她会告诉你们她自己的故事,这样你们可以自己发现,对她的指控是多么毫无根据。"

2

她宣誓完毕,用低沉的声音回答埃德温爵士的问题。法官俯身向前,让她大声一点说话。

埃德温爵士声音温和,语气中带着鼓励。所有问题的答案她都事先演练过。

"你喜欢罗德里克·韦尔曼吗?"

"非常喜欢。他就像我的兄弟或者说表兄弟。我一直把他当作表兄弟。"

订婚,可以说是水到渠成,和一个你认识了一辈子的人结婚应该会非常愉快……

"不,也许,能否称之为充满激情的关系?"

(激情?哦,罗迪。)

"嗯,不,你瞧,我们对彼此太了解了……"

"韦尔曼夫人去世后,你们之间的关系是不是有点紧张?"

"是的,有点。"

"你怎么解释呢?"

"我认为有一部分是因为钱的缘故。"

"钱?"

"是的。罗德里克感到不舒服。他觉得人们可能会以为他是为了钱跟我结婚。"

"你们解除婚约不是因为玛丽·杰拉德吗?"

"我认为罗德里克确实相当喜欢她,但我觉得这没什么大不了的。"

"如果真的是因为玛丽的原因,你会感到心烦意乱吗?"

"哦,不会。我会觉得这么做相当不妥,仅此而已。"

"那么,卡莱尔小姐,六月二十八日,你有没有从霍普金斯护士的药箱里拿走吗啡?"

"我没有。"

"你有没有曾经身上带着吗啡?"

"从来没有!"

"你知道你姑姑没有立遗嘱吗?"

"不知道。遗嘱的事我也非常吃惊。"

"你认为六月二十八日晚上,她临死前是否竭力想给你留下遗言?"

"我明白她是因为没有为玛丽·杰拉德做好安排,所以急着这样做。"

"而为了执行她的遗愿,你自己准备拨一笔钱给那位姑娘?"

"是的。我想完成劳拉姑姑的遗愿,而且我也很感激玛丽平时为我姑姑做的一切。"

"七月二十八日,你是不是从伦敦来到梅登斯福德,住在国王纹章饭店?"

"是的。"

"你这次来的目的是什么?"

"有人出价买 H 庄园,买家希望尽快入住。我必须去清理我姑姑的个人物品以及处理好各方面的事务。"

"七月二十七日,你在去 H 庄园的路上买了不少东西?"

"是的。我觉得带一些吃的东西过去比回到村里吃饭要方便。"

"后来你去了庄园,清理了你姑姑的私人物品了吗?"

"是的。"

"后来呢?"

"我下楼到厨房,做了一些三明治。然后我去了门房,邀请社区护士和玛丽·杰拉德一起到大房子来一起吃。"

"你为什么要这么做?"

"我想帮她们省点事,不必在大热天往返于门房和村子之间。"

"确实,你这么做很自然也很周到。她们是否接受了邀请?"

"是的。她们和我一起走到大房子。"

"你做的三明治放在哪儿?"

"我把它们放在备餐室的一个盘子里。"

"当时窗户开着吗?"

"是的。"

"你不在的时候,任何人都可以进入备餐室吧?"

"当然可以。"

"如果有人从外面看到你正在切三明治,他们会怎么想?"

"我想,他们会认为我正准备简餐。"

"他们不可能知道,有没有人和你一起用午餐吧?"

"是的。邀请她们两人也是在我看到食物分量还挺多的时候临时想到的。"

"所以,如果有人趁你不在进入屋里,并把吗啡放在其中一个三明治里的话,这个人试图毒死的,应该是你吧?"

"嗯,是的,确实如此。"

"你们一起回到家里后,发生了什么事?"

"我们走进晨间起居室。我拿来了三明治,递给她们俩。"

"你和她们一起喝东西了吗?"

"我喝了水。桌子上有啤酒,但霍普金斯护士和玛丽想要喝茶。霍普金斯护士去了备餐室泡茶。她把茶放在一个托盘里端出来,玛丽倒的茶。"

"你喝了吗?"

"没有。"

"不过,玛丽·杰拉德和霍普金斯护士都喝了茶?"

"是的。"

"之后发生了什么?"

"霍普金斯护士去关掉煤气。"

"留下你和玛丽·杰拉德单独在一起?"

"是的。"

"之后发生了什么?"

"几分钟后,我收拾了托盘和放三明治的盘子,拿到厨房去。霍普金斯护士在那里,我们一起洗了餐具。"

"霍普金斯护士当时是挽着衣袖的吗?"

"是的。她洗餐具,我把它们擦干。"

"你是否对她手腕上的一处伤口表示过疑问?"

"我问她是不是刺到了自己。"

"她怎么回答?"

"她说,'这是门房外的玫瑰的刺。我等下就把刺挑出来'。"

"她当时神态如何?"

"我觉得她一定感到很热。她满头大汗,脸色也很奇怪。"

"在那之后发生了什么事?"

"我们上楼,她帮我整理姑姑的遗物。"

"你们再下楼是什么时候?"

"应该是一个小时后了。"

"玛丽·杰拉德在哪里?"

"她坐在晨间起居室里。她的呼吸非常奇怪,人处于昏迷的状态。我在霍普金斯护士的指示下打电话给医生。他来的时候她已经快死了。"

埃德温爵士略带夸张地耸了耸肩。

"卡莱尔小姐,是你杀了玛丽·杰拉德吗?"

(轮到你了。抬头,眼睛直视前方。)

"不是!"

3

塞缪尔·阿坦伯利爵士登场。她的心重重一跳。现在,她落入敌手了!再没有温柔,再没有她知道答案的问题了!

不过,他的开场相当温和。

"你告诉过我们,你和罗德里克·韦尔曼先生订婚了,是吗?"

"是的。"

"你喜欢他吗?"

"很喜欢。"

"我向你指出,你深深地爱着罗德里克·韦尔曼,因此你对他爱上玛丽·杰拉德感到疯狂的嫉妒?"

"没有。"(这个"没有"是不是恰当地表达了愤慨?)

塞缪尔爵士来势汹汹地说:"我向你指出,你处心积虑地计划除掉这个女孩,希望罗德里克·韦尔曼会回到你身边。"

"当然没有。"(蔑视,再带点厌倦。那会更好。)

这些问题继续进行。就像一个梦,一个噩梦,一场梦魇……

一个问题接着一个问题,可怕的、伤人的问题。有的问题她有所准备,有的问了她一个措手不及。

要努力记住自己的角色。绝不能松懈,不能说:"是的,我确实恨她。是的,我确实希望她死去。是的,在切三明治的时候我一直想着她要是死了多好……"

要保持镇定、冷静，回答问题尽量简短，不带感情……

奋斗……

每一步都要奋斗……

终于结束了，那可怕的男人坐了下来。埃德温·布尔默先生用亲切又油滑的声音问了几个问题。轻松而愉快的问题，目的是为了消除在交叉询问中她可能给陪审团留下的一些不好的印象。

她又回到了被告席。望着陪审团，茫然地等待……

4

罗迪。罗迪站在那里，眨了眨眼睛，厌恶地看着眼前的情形。罗迪看起来有点不太真实。

但没有什么是真实的。一切都颠倒了，白即是黑，上即是下，东即是西……而我不是埃莉诺·卡莱尔，我是"被告"。而且，不管他们是绞死我，还是放了我，一切都不一样了。如果能有什么东西就好了，只要有一样合理的东西能让我抓住……

（彼得·洛德的脸，也许就是它，长满雀斑，有种非凡的神气，还和过去一样……）

埃德温爵士现在问到哪儿了？

"你能告诉我们卡莱尔小姐对你的感情态度吗？"

罗迪用他一丝不苟的声音回答："我应该说她深深地爱着我，但肯定不是那种狂热的爱。"

"你对你们的婚约满意吗？"

"哦，相当满意。我们有很多共同语言。"

"请你告诉陪审团，韦尔曼先生，为什么这样理想的婚约会破裂呢？"

"嗯，那是在韦尔曼夫人去世后，我想，是有点突然。因为我自己不名一文，我不想娶一个富婆，这让我不舒服。所以，解除婚约是双方同意的。我们都如释重负。"

"那么，你能不能告诉我们，你与玛丽·杰拉德的关系？"

（哦，罗迪，可怜的罗迪，他该有多讨厌这一切！）

"我觉得她很可爱。"

"你爱上她了吗？"

"只是一点点。"

"你最后一次见她是什么时候？"

"让我想想。应该是七月五日或六日。"

埃德温爵士用冷冰冰的声音说道："我认为你之后还见过她。"

"不，我去了国外，威尼斯和达尔马提亚。"

"你回到了英国，是什么时候？"

"我接到电报后，让我想想，在八月一日，肯定是的。"

"但实际上，七月二十七日你是在英国的。"

"不是。"

"得了吧，韦尔曼先生。别忘了，你在法庭上宣过誓的。你的护照表明你在七月二十五日回到了英国，二十七日晚上再次离开，难道不是吗？"

埃德温爵士的声音里有种威胁的意味。埃莉诺皱起眉头，猛地回到了现实中来。为什么辩护律师要攻击自己的证人？

罗德里克的脸色变得相当苍白。他沉默了一两分钟，然后勉强地说："嗯，是的，是这样。"

"二十五日，你有没有去伦敦玛丽·杰拉德的住处拜访她？"

"是的，我去了。"

"你是不是去向她求婚？"

"呃，呃，是的。"

"她怎么回答？"

"她拒绝了。"

"你不是个有钱人吧，韦尔曼先生？"

"不是。"

"你欠了挺多债务的吧？"

"这和你有什么关系？"

"你知不知道卡莱尔小姐在遗嘱中把她所有的钱都留给了你？"

"这是我第一次听说。"

"七月二十七日上午你在梅登斯福德吗？"

"我不在。"

埃德温爵士坐下了。

控方律师说："你说你认为被告并没有深深地爱上你。"

"我是这么说的。"

"你是个有骑士风度的人，韦尔曼先生？"

"我不明白你的意思。"

"如果一个女人深深地爱上了你，而你不爱她，你会觉得隐瞒这个事实是义不容辞的责任，对吗？"

"当然不是。"

"你在哪里上的学，韦尔曼先生？"

"伊顿公学。"

塞缪尔爵士微微一笑，说："我问完了。"

5

接下来是阿尔弗雷德·詹姆斯·沃格雷夫。

"你是一位玫瑰种植者,住在伯克斯的埃姆斯沃思,是吗?"

"是的。"

"你是不是曾经在十月二十日去过梅登斯福德的 H 庄园的门房,察看了那里的玫瑰的生长?"

"是的。"

"请你形容一下这种玫瑰?"

"这是一种藤本月季——泽芙琳·朵格欣。它开香甜的粉红色花朵。没有刺。"

"这种玫瑰不可能刺到人吧?"

"绝对不可能。它是无刺的品种。"

没有交叉询问。

6

"你是詹姆斯·阿瑟·利特戴尔。你是一位有资质的药剂师,受雇于詹金斯与黑尔药品批发公司,是吗?"

"是的。"

"你能告诉我这个纸片是什么吗?"

证物移交给他。

"这是我们的一个标签的碎片。"

"什么种类的标签?"

"这个标签是贴在装皮下注射片剂的管子上的。"

"这张纸片是否足够让你判断这个标签是贴在什么药品的管子上的?"

"是的。我可以肯定地指出,这个管子里装的是 1/20 格令的盐酸阿扑吗啡的皮下注射片剂。"

"不是盐酸吗啡？"

"不，不可能是。"

"为什么呢？"

"因为盐酸吗啡的管子上，吗啡的第一个字母是大写的 M。这张纸片上的第一个字母，通过我的放大镜可以看到，非常清楚，是一个小写的 m 的一部分，而不是大写的 M 的一部分。"

"请陪审团用放大镜检查证物。你有没有带标签的样品来？"

标签的样品也移交给陪审团。

埃德温爵士继续发问：

"你说这是盐酸阿扑吗啡？盐酸阿扑吗啡究竟是什么？"

"化学式为 $C_{17}H_{17}NO_2$。它是一种吗啡制剂，通过将吗啡和稀释盐酸在密封管里加热皂化后产生的衍生物。吗啡失去一个水分子。"

"阿扑吗啡有什么特殊性质？"

利特戴尔先生平静地说："阿扑吗啡是已知的最迅速和最强大的催吐剂。可以在几分钟之内发挥作用。"

"所以，如果有人吞下了致命剂量的吗啡，然后在几分钟内皮下注射一剂阿扑吗啡的话，会是什么结果？"

"几乎立即就会发生呕吐，吗啡就会排出体外。"

"因此，如果两个人吃了同一个三明治或喝了同一壶茶，假设她们吃的食物或饮料里都含有吗啡，而其中一人立即皮下注射了一剂阿扑吗啡，会是什么结果？"

"注射了阿扑吗啡的人将会吐出食物或饮料里的吗啡。"

"而那个人会受到什么身体损伤吗？"

"不会。"

法庭上突然一阵骚动，法官要求保持肃静。

7

"你是居住在奥克兰伯纳姆巴查尔斯街17号的阿米莉亚·玛丽·塞德利吗?"

"是的。"

"你是否认识一位德雷珀太太?"

"是的。我认识她已经有二十多年。"

"你知道她婚前姓什么吗?"

"知道。我参加了她的婚礼。她原名叫玛丽·莱利。"

"她是土生土长的新西兰人吗?"

"不是,她从英国来的。"

"从庭审开始的时候你就一直在场吗?"

"是的,我一直在。"

"你有没有在法庭上见过这个玛丽·莱利或者说德雷珀?"

"有。"

"你在哪里看到她的?"

"在这个证人席上做证。"

"用的什么名字?"

"杰西·霍普金斯。"

"你能肯定,这位杰西·霍普金斯就是你认识的玛丽·莱利或叫作德雷珀的那个女人吗?"

"毫无疑问。"

法庭后面一阵轻微的骚动。

"除了今天,你最后一次见到玛丽·德雷珀是什么时候?"

"五年前。她去了英国。"

埃德温爵士一躬身,说:"证人归你问话了。"

塞缪尔爵士大惑不解地站起来,他说道:"我提醒你,塞德利夫人,你可能弄错了。"

"我没有弄错。"

"可能长得像,你搞混了。"

"我对玛丽·德雷珀太熟悉了。"

"霍普金斯护士是经过认证的社区护士。"

"玛丽·德雷珀结婚前就是一家医院的护士。"

"你知不知道,你是在指控控方的一位证人做伪证?"

"我知道我在说什么。"

8

"爱德华·约翰·马歇尔,你曾在新西兰奥克兰住了几年,现在居住在德普特福德雷恩街14号,是吗?"

"是的。"

"你认识玛丽·德雷珀吗?"

"我在新西兰认识她好几年了。"

"你今天在法庭上有没有看到她?"

"我有。她自称霍普金斯,但她就是德雷珀夫人没错。"

法官抬起头。他小声但是清楚、有力地说道:"我认为有必要重新传唤证人杰西·霍普金斯到庭。"

法庭暂时无声,庭警嗫嗫地回复说:

"大人,杰西·霍普金斯在几分钟前离开了法庭。"

9

"赫尔克里·波洛。"

波洛走上证人席,宣读了誓言,捻了捻他的胡子,静静地等着,他的头微微偏向一边。他报上了自己的姓名、地址、电话。

"波洛,你认得这份文件吗?"

"当然认得。"

"它是如何到你手里的?"

"这是由社区护士霍普金斯护士给我的。"

埃德温爵士说:"大人,如果你允许,我想大声朗读这份文件,然后交给陪审团。"

第四章

1

辩护方的结案陈词:

"陪审团的先生们,现在责任落到你们肩上。由你们决定,埃莉诺·卡莱尔是否可以无罪释放,恢复自由之身。如果你们在听取了所有证据之后,仍然觉得是埃莉诺·卡莱尔毒杀了玛丽·杰拉德,那么你们有责任宣判她有罪。

"但如果在你看来,同样有力的证据,也许更加有力的证据,是针对另一个人的话,那你们有责任刻不容缓地释放被告。

"你们如今应该已经明白,这件案子的真相与最初呈现出来的样子大不相同了。

"昨天,在赫尔克里·波洛先生给出戏剧性的证据后,我请了其他证人出庭证明,毫无疑问,玛丽·杰拉德是劳拉·韦尔曼的私生女。这是真的,由此导致的结果,正如大人指出的,韦尔曼夫人血缘最近的亲属,不是她的侄女埃莉诺·卡莱尔,而是她的私生女玛丽·杰拉德。因此,玛丽·杰拉德应该在韦尔曼夫人去世后继承巨额财富。先生们,这就是案子的关键所在。将近二十万英镑的财富将由玛丽·杰拉德继承。但她自己不知道真相。她也不知道霍普金斯这个女人的真实身份。你们可能会想,先生们,玛丽·莱利或者说德雷珀可能有一些完全正当的理由把自己的名字改为霍普金斯。但如果是这样，为什么她不出面说明原因呢？

"我们所了解到的事情是这样的：在霍普金斯护士的鼓动下，玛丽·杰拉德立下了一份遗嘱，把她所有的一切留给'玛丽·莱利，伊丽莎·莱利的妹妹。'我们知道，霍普金斯护士出于职业的原因，能够获得吗啡和阿扑吗啡，并且非常熟悉它们的属性。此外也已经证明，霍普金斯护士说自己的手腕被一株无刺的玫瑰刺到这件事也不是真的。她为什么要撒谎，还不是她想急忙掩饰刚刚进行了皮下注射而留下的针孔？别忘了，被告也曾经提到，当她进到餐具室的时候，看到霍普金斯护士看起来好像不舒服，她的脸色是青绿色的——联系到她刚刚用药物强烈催吐过，就不难理解了。

"我要强调另外一点：如果韦尔曼夫人能多活一天，她会立下遗嘱，而极大的可能是，她会为玛丽·杰拉德做出适当的安排，但不会将她的大部分财产留给她，因为韦尔曼夫人坚信，她的私生女如果留在另一个生活圈子，将会更加幸福。

"我所要做的，并不是宣布对另一个人不利的证据，只是要表明，这个人有同样的机会和更强烈的谋杀动机。

"从这一点来看，陪审团的先生们，我向你们提出，指控埃莉诺·卡莱尔谋杀的案子不成立。"

2

摘自大法官白丁菲尔德的总结陈词：

"……你们必须完全确信，这个女人确实于七月二十七日用致命剂量的吗啡毒杀了玛丽·杰拉德。如果你们不能确信，必须无罪释放被告。

"控方曾陈述,被告是唯一有机会给玛丽·杰拉德下毒的人。辩护方力图证明有其他的可能性。有一种说法认为玛丽·杰拉德是自杀,但唯一支持这一说法的证据是,玛丽·杰拉德在去世前不久曾立过遗嘱。但没有丝毫的证据证明她心情沮丧或不开心,或处于可能导致结束自己生命的精神状态。也有一种说法认为,吗啡可能是有人趁埃莉诺·卡莱尔去门房的间隙,偷偷进入厨房加到三明治中的。在这种情况下,投毒的目标应该是埃莉诺·卡莱尔,玛丽·杰拉德是被误杀。辩护方提出的第三种说法是,另一个人有同样的机会取得吗啡,而且在后一种情况下,毒药不是放在三明治里而是在茶里。为支持这一说法,辩护方传唤了证人利特戴尔,他发誓说,在备餐室里发现的纸片是装有盐酸阿扑吗啡的管子上所贴标签的一部分,盐酸阿扑吗啡是一种非常强大的催吐剂。已经提交了两种不同的标签样品给你们。在我看来,警方在这方面是粗心失察的,没有更仔细地检查原始纸片就贸然得出这是吗啡的标签的结论。

"证人霍普金斯说,她被门房的玫瑰刺伤了自己的手腕。证人沃格雷夫察看过那株玫瑰,上面没有刺。你们必须判断是什么原因造成霍普金斯护士手腕上的伤口,以及她为什么要说谎。

"如果控方说服了你们,是被告而非他人犯下此罪,那么你们就必须宣告被告有罪。

"如果辩护方提出的说法是可信的,而且与证据一致,那么被告就必须无罪释放。

"我会要求你们根据摆在你们面前的证据,以勇气和勤勉,慎重考虑你们的判决。"

3

埃莉诺被带回法庭。

陪审团鱼贯而入。

"陪审团的先生们,你们得出一致的判决了吗?"

"是的。"

"看着被告席上的人,宣告她是有罪还是无罪。"

"无罪。"

第五章

他们从侧门带她离开法庭。

她看到很多面孔在迎接她——罗迪,还有那位小胡子侦探。

但是她转向了彼得·洛德。

"我想离开。"

她和他现在坐在平稳行驶的戴姆勒车中,迅速离开伦敦。

他什么也没有说。她享受着这难得的沉默。

时间分分秒秒过去,她离得越来越远。

新的生活……

这正是她想要的……

新的生活。

她突然说道:"我,我想去个安静的地方,看不见任何人的地方。"

彼得·洛德平静地说:"这一切都安排好了。你会去一家疗养院。安静的地方。有美丽的花园。没有人会打扰你,或找到你。"

她叹了口气,说:"是的,这正是我想要的。"

她想,因为他是医生,所以能够理解。他知道,也不来烦她。幸好和他一起安安静静地来到这里,远离这一切,远离伦敦,到一个安全的地方。

她想忘记,忘记一切。一切都不再真实。全都不见了,消失了,结束了,过去的生活和旧日的感情。她是一个全新的、陌生的、毫无戒备的生物，简陋、原始，一切重新开始。很奇怪，很害怕。

但是和彼得·洛德在一起令人宽慰。

他们现在已经出了伦敦，穿行在郊区。她终于说："全靠你，多亏你。"

彼得·洛德："全靠波洛。这家伙是个魔法师！"

但埃莉诺摇摇头。她固执地说："是你。是你抓着他，让他做的吧！"

彼得笑了。"好吧，是我让他做的。"

埃莉诺说："你知道我没那么做，还是你也不确定？"

彼得干脆地回答："我从来都不十分确定。"

埃莉诺说："所以我才在一开始的时候差点说了'我有罪'，因为，你瞧，我确实那么想过……那天，当我在小屋外面笑个不停的时候，我确实那么想过。"

彼得说："是的，我知道。"

她不解地说："现在想想觉得很奇怪，就像中了邪。那天我买了鱼糜，在切三明治的时候，我假装编一个故事，我想着'我把毒药混进去，她吃了就会死掉，然后罗迪就会回到我身边。'"

彼得·洛德说："假装一些事情可以帮助人们纾解情绪。这不是坏事，真的。你通过幻想把这些情绪从心里排解出来。就像出汗把废物从身体里排泄出来一样。"

埃莉诺说："是的，这是真的。因为它一下子就消失了！我指的是，内心的阴暗！当那个女人提到门房外的玫瑰时，一切就恢复了，回到了正常的心态。"

然后她打了一个寒噤，说："后来，当我们走进晨间起居室，她已经死了，快死了。我当时的感受是：设想谋杀和实施谋杀有多大区别？"

彼得·洛德说:"天差地别!"

"是的,但有那么大吗?"

"当然有!设想杀人并没有真正造成任何伤害。有些人愚蠢地认为这等同于策划一起谋杀!事实并非如此。如果你想的时间足够长,你会突然间克服了那种阴暗的情绪,觉得这一切都很傻!"

埃莉诺哭着说道:"噢!你真能安慰人。"

彼得·洛德回答得语无伦次:"一点也不。只是常识。"

泪水突然夺眶而出,埃莉诺说:

"每一次在法庭上,我都会看着你。它给了我勇气。你看起来如此普通。"

然后她笑了起来。"我太失礼了!"

他说:"我明白了。当你身处梦魇之中时,普通反而是唯一的希望。总之,普普通通的东西是最好的。我一直是这么认为的。"

这是她坐进汽车以来第一次,转过头看着他。

看到他的脸没有像看到罗迪的脸那样,总是让她感到痛苦,那上面没有混合着大喜大悲的心潮起伏,相反,让她感到温暖和安慰。

她想,他的脸多么好看,好看而且有趣,还有,是的,令人宽慰。

车子继续行驶。最后,他们来到一扇大门前,驶向上山的行车道,直到抵达一座位于山丘一侧的宁静的白色房子前。

他说:"你在这里会很安全。没有人会打扰你。"

她冲动地把手放在他的胳膊上。她说:"你,你会来看我吗?"

"当然。"

"常来吗?"

彼得·洛德说:"你想我来我就来。"

她说:"请来,请常来。"

第六章

赫尔克里·波洛说:"所以你看,我的朋友,别人告诉我的谎言和真话一样有用。"

彼得·洛德说:"难道每个人都对你撒谎了?"

波洛点点头。"哦,是的!你知道的,由于各种各样的理由。其中一位,将真相视为一项义务,而这个人既敏感又执拗,那个人是最困扰我的!"

彼得·洛德喃喃地说:"埃莉诺自己!"

"正是。证据表明她是有罪的。而她自己,由于她那敏感而苛求的良心,不做任何辩解。她指责自己有过那样的想法,尽管没有真正行动,她已经几近于放弃一场令人厌恶的肮脏的斗争,打算在法庭上承认一项自己没有犯下的罪行。"

彼得·洛德恼怒地叹了口气。"太不可思议了。"

波洛摇摇头。"确实非常不可思议。她谴责自己,因为她用比普通人更加严格的道德标准来审判自己!"

彼得·洛德若有所思地说:"是的,她就是那样的。"

赫尔克里·波洛继续说:"我的调查刚刚开始的时候,结果总是指向埃莉诺·卡莱尔,她有极大的可能性犯下了她被指控的罪行。但是,我履行了我对你的承诺,我发现了另一个人可能犯下一桩更大的罪行。"

"霍普金斯护士吗?"

"开始的时候不是。第一个引起我注意的是罗德里克·韦尔曼。对他的调查也是从一个谎言开始。他告诉我,他七月九日离开英国,八月一日回国。但霍普金斯护士曾轻描淡写地提到玛丽·杰拉德不管是在梅登斯福德还是'当她在伦敦再次看见他'都拒绝了罗德里克·韦尔曼的求婚。你告诉过我,玛丽·杰拉德是七月十日去的伦敦——是罗德里克·韦尔曼离开英国后一天。那么玛丽·杰拉德是什么时候和罗德里克·韦尔曼在伦敦见的面呢?我请了我那位神偷朋友协助,通过检查韦尔曼的护照,我发现他从七月二十五日到二十七日在英国。他故意撒谎了。

"那段时间有件事一直萦绕在我的脑海里,就是当埃莉诺·卡莱尔去门房的时候,三明治一直放在厨房的盘子里。我一直认为,在这种情况下,埃莉诺才是那个预期的受害者,而不是玛丽。罗德里克·韦尔曼有没有杀害埃莉诺·卡莱尔的动机?是的,一个非常充分的动机。她立了遗嘱,把自己的全部财产都留给他,而且通过巧妙的提问,我发现罗德里克·韦尔曼自己可能知道这个事实。"

彼得·洛德说:"那你为什么又认定他是无辜的呢?"

"因为另一个谎言。一个愚蠢、拙劣、可以忽略不计的小谎言。霍普金斯护士说,她被玫瑰刺到了手腕,所以手上扎了一根刺。当我去那里的时候,看见玫瑰上并没有刺。所以很明显霍普金斯护士说了谎——而这个谎言太愚蠢,看似毫无意义,这才把我的注意力引到了她身上。

"我开始怀疑霍普金斯护士。在那之前,她给我的印象是个可靠的证人,自始至终怀着对被告的强烈的偏见,鉴于她对于死去的女孩的感情,这是很自然的。但现在,一旦那个愚蠢、没有意义的谎言在我脑海里生根,我开始仔细地思考霍普金斯护士和她的证据,我意识到一些我之前由于不够聪明而没有发现的东西。霍普金斯护士知道一些关于玛丽·杰拉德的事情,她急于要把这些事情揭发出来。"

彼得·洛德惊讶地说:"我还以为是反过来?"

"从表面上看,是的。她给了别人一种知道什么事情却不愿意说出来的印象!但是,当我仔细思考后发现,她说的关于这件事的每一个字,都在表示截然不同的目的。我和奥布莱恩护士谈话后,进一步证实了我的观点。霍普金斯在奥布莱恩护士浑然不觉的情况下,非常巧妙地利用了她。

"这样一来就很明显,霍普金斯护士在玩着她自己的把戏。我对比了这两个谎言,她的和罗德里克·韦尔曼的。是否两者都有无罪的解释呢?

"首先看罗德里克的情况,我立即给出了答案。是的。罗德里克·韦尔曼是一个非常敏感的人。要让他承认自己无法信守留在海外的计划,而是偷偷溜回来去见他喜欢的姑娘,而那姑娘又对他无意,这对他的自尊心是极大的伤害。既然无人怀疑他是否曾经出现在谋杀现场附近,他也对谋杀一无所知,所以他选择了最省事的做法,以避免不愉快的事(最典型的性格特质),所以故意隐瞒了自己曾匆匆回国的事实,只说他是八月一日接到谋杀案的消息才回国的。

"现在来看看霍普金斯护士,她的谎言有没有无罪的解释呢?我越是思考这个问题,就越是觉得不对劲。不过是一个手腕上的伤口,霍普金斯护士为什么要说谎?这个伤口意味着什么?

"我开始向自己提出一些问题。被偷走的吗啡属于谁?霍普金斯护士。谁能够给老韦尔曼夫人服用吗啡?霍普金斯护士。是的,但她为什么要告诉人们吗啡不见了呢?如果护士霍普金斯是有罪的,那么答案只有一个:因为另一起谋杀,谋杀玛丽·杰拉德,早已经计划好，而且替罪羊也已经选好，但这个替罪羊必须被证明有获得吗啡的机会。

"其他的事情也都吻合了。写给埃莉诺的匿名信。这封信是要挑拨埃莉诺和玛丽之间的感情。原先的设想无疑是埃莉诺会来到庄园，阻止玛丽对韦尔曼夫人施加的影响。而罗德里克·韦尔曼热烈地爱上了玛丽，当然这是完全没有预见到的——但霍普金斯护士很快意识到了。对于替罪羊埃莉诺来说，这是一个完美的动机。

"但犯下这两桩罪行的原因是什么？霍普金斯护士有什么动机要除掉玛丽·杰拉德？我开始看到了一点光，还非常微弱的光。霍普金斯护士对玛丽有很大的影响力，她利用这种影响力做的事之一是促使玛丽立了遗嘱。但遗嘱并没有惠及霍普金斯护士。受益的是玛丽住在新西兰的姨妈。然后我想起了一次偶然的谈话，村里有人曾告诉我，那个姨妈曾是医院的护士。

"现在，光线已经不再那么黯淡了。犯罪的模式和构想越来越明显。接下来的步骤就简单了。我再次拜访了霍普金斯护士。我们彼此都把戏演得很精彩。最后，她半推半就地说出她早就计划好要说的一切！只不过，或许说得比她计划的要早了一点！但机会是那么好，她无法抗拒。而且，毕竟，真相早晚都要公开。所以，她假装十分不情愿地拿出了一封信。然后，我的朋友，事情不再是我的猜测了。我知道了！这封信出卖了她。"

彼得·洛德皱了皱眉头，说："为什么？"

"亲爱的朋友①！那封信的收信人是这样写的：给玛丽，在我死后寄给她。但是，信的内容中却说得非常清楚，玛丽·杰拉德不应该知道真相。此外，信封上写着'寄给'（而不是'交给'）也是

---
①原文为法语。——译者注。

一种启示。这封信不是写给玛丽·杰拉德的,而是另一个玛丽。这是写给她的妹妹,住在新西兰的玛丽·莱利的,伊丽莎·莱利在信中告诉了她真相。

"霍普金斯护士不是在玛丽·杰拉德去世后,在门房找到这封信的。这封信一直带在她身边很多年了。她在新西兰收到了这封信,是在她姐姐去世后收到的。"

他停了一下。"一旦人们用心灵的眼睛看穿真相后,剩下的就很容易了。快捷的航空旅行使得住在新西兰认识玛丽·德雷珀的证人可以及时出现在法庭上。"

彼得·洛德说:"要是你弄错了呢,霍普金斯护士和玛丽·德雷珀是两个完全不同的人怎么办?"

波洛冷冷地说:"我永远不会错!"

彼得·洛德大笑起来。

波洛继续说:"我的朋友,我们现在知道了这个叫玛丽·莱利或德雷珀的女人更多的事情。在她突然离开新西兰之前,新西兰警方一直无法获得足够的证据给她定罪,但他们盯上她已经有一段时间了。有一个她看护的病人,一位老太太,给'亲爱的莱利护士'留下了非常可观的一笔遗产,她的死让她的主治医生十分困惑。玛丽·德雷珀的丈夫生前投了一大笔人身保险,受益人是她,而他的死是突然的,难以解释的。对她来讲不幸的是,虽然他给保险公司开出了支票,却忘了将它寄出去。还有其他人的死亡可能与她有关。可以肯定的是,她是一个冷血无情、不择手段的女人。

"可以想见,她姐姐的来信给她那足智多谋的头脑带来了多种可能性。当新西兰对她来说已经风险太大、危机四伏的时候,她来到了这个国家,并以霍普金斯的名字重操旧业(这是她以前医院的同事的名字,那个人在海外去世了),梅登斯福德是她的目的地。

她也许曾经考虑过勒索。但老韦尔曼夫人不是那种甘心被勒索的女人，而莱利护士，或者说霍普金斯，非常明智没有试图这样做。毫无疑问，她做了调查，发现韦尔曼夫人是个非常富有的女人，而韦尔曼夫人无意中的一些话可能暴露了这样的事实：这个老太太没有立遗嘱。

"因此，在六月的那天晚上，当奥布莱恩护士告诉她的同事说韦尔曼夫人要请律师时，霍普金斯毫不犹豫就动手了。韦尔曼夫人必须不立遗嘱就死去，这样才能让她的私生女继承她的钱。霍普金斯早已经和玛丽·杰拉德成了好朋友，并且对这个姑娘有很大的影响力。她现在要做的就是说服女孩订立遗嘱，把她的钱留给母亲的妹妹，她非常谨慎地使用遗嘱里的措辞。上面没有提到亲属关系，只是写着'玛丽·莱利，已故的伊丽莎·莱利的妹妹。'一旦写下这份遗嘱，玛丽·杰拉德就注定要死。那个女人只需要等待一个合适的机会。我想，她已经计划好了犯罪的方法，使用阿扑吗啡以确保自己有不在场证明。她可能打算让埃莉诺到她的小屋去，但是当埃莉诺来到门房，邀请她们两人去吃三明治，她立刻意识到这是完美的机会。在这样的情况之下，埃莉诺几乎肯定会被定罪。"

彼得·洛德慢慢地说："如果不是因为你，她已经被定罪了。"

波洛连忙说："不，是你，我的朋友，她要感谢你救了她一命。"

"我？我什么也没做。我努力——"

他打住了。波洛微微一笑。"我的朋友[①]，你非常努力，不是吗？你很不耐烦，因为我似乎没有取得什么进展。而且你也很害怕，毕竟她可能是真的有罪。因此，你极端无礼地竟然对我撒谎！但是，亲爱的朋友[②]，你还不够聪明。将来，我劝你还是专注于麻疹和百日

[①] 原文为法语。——译者注
[②] 原文为法语。——译者注

咳，不要去破案了。"

彼得·洛德的脸红了。他说，"你一直都知道吗？"

波洛严肃地说："你把我领到灌木丛中的一块空地上，还帮我找到了你刚刚放在那里的德国火柴盒！这都是幼稚的小把戏①！"

彼得·洛德哆嗦了一下。他呻吟道："别提了！"

波洛继续说："你和园丁谈话，并诱导他说出他看到了你的车停在路上，然后你又吃惊地假装这不是你的车。你死死地盯着我，要确保我意识到那天早上有个陌生人在那里。"

"我是个该死的傻瓜。"彼得·洛德说。

"你那天早上在 H 庄园干什么？"

彼得·洛德的脸红了。"只是犯傻。我听说她来了。我去大房子里希望能有机会看到她。我不是说要跟她说话。我只是想看看她。从灌木丛中的那条小径上我看到她在厨房里切面包和黄油——"

"夏绿蒂和诗人维特。② 继续说，我的朋友。"

"哦，没有什么可讲的。我只是溜进灌木丛，在那里看着她，直到她走开。"

波洛温和地说："你第一次看见埃莉诺·卡莱尔就爱上了她？"

"我想是的。"

长时间的沉默。

彼得·洛德说："哦，好了，我想她和罗德里克·韦尔曼从此以后可以幸福地生活在一起了。"

波洛说："我亲爱的朋友，你可完全想错了！"

"怎么错了？她会原谅他和玛丽·杰拉德的事。反正，那只是他一时的头脑发热。"

---

① 原文为法语。——译者注
② 德国作家歌德的小说《少年维特的烦恼》中的主人公。——译者注

波洛说:"不止如此。有时候,过去和未来之间的鸿沟比你想象的要深。当一个人走出死亡荫翳的幽谷,走到阳光之下,那时,亲爱的朋友①,就是新生活的开始。过去将留在过去。"

他等了一分钟,然后接着说:"一个新的生命,这正是埃莉诺·卡莱尔现在要开始的,是你给了她新的生命。"

"不是。"

"是的。是你的决定,你那傲慢的坚持,强迫我按你的要求去行动。现在承认吧,她应该感激的人是你,是不是?"

彼得·洛德慢慢地说:"是的,她非常感激。现在,她要我去看她,经常去。"

"是的,她需要你。"

彼得·洛德激动地说:"她更需要的是——他!"

波洛摇摇头。"她从来不需要罗德里克·韦尔曼。她爱他,是的,但不快乐,甚至是绝望的。"

彼得·洛德一脸严峻,不以为然地说:"她永远不会像爱他那样爱我。"

波洛轻声说:"也许不会。但她需要你,我的朋友,因为只有和你在一起,她才能够开始新的生活。"

彼得·洛德没有说话。

波洛的声音非常温柔:"你不能接受事实吗?她爱过罗德里克·韦尔曼。但那又有什么关系?和你在一起,她才会幸福。"

---

①原文为法语。——译者注

Sad Cypress
Copyright © 1940 Agatha Christie Limited. All rights reserved.
© 2013 Letter for Chinese Reader, New Star Edition by Mathew Prichard.
www.agathachristie.com
The Poirot icon is a trademark, and AGATHA CHRISTIE, POIROT, *Agatha Christie* and the AC Monogram Logo are registered trade marks of Agatha Christie Limited in the UK and/or elsewhere. All rights reserved.
Published by agreement with ACL.
Simplified Chinese edition copyright: 2023 New Star Press Co., Ltd.

图书在版编目（CIP）数据

H 庄园的午餐 ／（英）阿加莎·克里斯蒂著；黄夏青译．——2 版．——北京：新星出版社，2023.2
ISBN 978−7−5133−3829−5
Ⅰ．①H… Ⅱ．①阿… ②黄… Ⅲ．①侦探小说−英国−现代 Ⅳ．①I561.45
中国版本图书馆 CIP 数据核字（2022）第 090222 号

午夜文库
谢刚 主持

H 庄园的午餐

［英］阿加莎·克里斯蒂 著；黄夏青 译

责任编辑：曹晓雅	统筹编辑：王 欢
责任校对：刘 义	责任印制：李珊珊
封面插图：宣 和	装帧设计：周伟伟

出版发行：新星出版社
出 版 人：马汝军
社　　址：北京市西城区车公庄大街丙3号楼　100044
网　　址：www.newstarpress.com
电　　话：010-88310888
传　　真：010-65270449
法律顾问：北京市岳成律师事务所

读者服务：010-88310811　service@newstarpress.com
邮购地址：北京市西城区车公庄大街丙 3 号楼　100044

印　　刷：三河市兴达印务有限公司
开　　本：910mm×1230mm　1/32
印　　张：7.625
字　　数：192千字
版　　次：2023年2月第二版　2023年2月第一次印刷
书　　号：ISBN 978-7-5133-3829-5
定　　价：42.00元

版权专有，侵权必究；如有质量问题，请与出版社联系调换。